천 천 히 읽기를 권함

천천히 읽기를 권함

2003년 11월 11일 초판 1쇄 발행. 2016년 12월 20일 초판 4쇄 발행. 야마무라 오사무山村修가 짓고, 송태욱이 옮겼습니다. 이홍용과 박정은이 기획 편집하여 펴냈으며, Design Vita가 표지 디자인을, 이순선이 본문 디자인을 하였습니다. 제판은 푸른서울, 인쇄는 대정인쇄에서 하였습니다. 출판 등록일 및 등록번호는 2003. 2. 6. 제10-2567호, 주소는 서울시 마포구 성미산로 16길 18 전화는 (02) 3143-6360, 팩스는 (02) 338-6360, E-MAIL은 shantibooks@naver.com입니다. 이 책의 ISBN은 89-953922-7-4 03800, 정가는 12,000원입니다.

천천히 읽기를 권함

야마무라 오사무 지음_송태욱 옮김

【산티】

차례

천천히 읽는다

천천히 책을 읽는다.

천천히 읽다 보면 일 년에 한두 번이라도 문득 황홀한 기분에 젖어 들 때가 있다. 일 년 365일 가운데 그런 기쁨이 찾아오는 일은 단 몇 분이나 몇 초에 지나지 않을지도 모른다. 그래도 빨리빨리 건너뛰면서 읽는다면 단 몇 분, 몇 초의 그 기쁨조차 만나지 못할 것이다.

얼마 전 나쓰메 소세키夏目漱石의 《나는 고양이로소이다吾輩は猫である》를 읽었는데, 거의 마지막 부분에서 다음과 같은 한 줄이 눈에 들어왔다.

무사태평으로 보이는 사람들도 마음속 깊은 곳을 두드려보면 어딘가 슬픈 소리가 난다.

이 소설을 읽은 것은 이때가 세 번째였다. 첫 번째는 고등학생 때였고, 두 번째는 2년 전쯤이었다. 처음으로 읽었던 고등학생 때는 아득한 옛날로, 그 내용은 보기 좋게 기억에서 사라졌으므로 제쳐둔다고 해도, 두 번째 읽었을 때 역시 이 한 줄에는 주의를 기울이지 못했다. 이 부분은 마지막 장의, 고양이 주인인 구샤미 선생 집에 메이테이, 간게쓰, 도쿠센, 도후 군 등 여러 친구가 모인 날의 일이다. 무료한 잡담 끝에 짧은 가을 해는 지고 손님들은 인사를 하고 뿔뿔이 현관을 나선다. 구샤미 선생은 서재에 틀어박히고, 아내는 바느질을 시작하며, 아이들은 베개를 나란히 하고 잠이 든다. 그리고 하녀는 목욕을 하러 간다.

석양은 어둠 속으로 사라지고 집 안은 쥐 죽은 듯 조용해진다. 소설도 조용해진다. 그 장면에서 앞의 한 문장이 턱 하니 나온다. 이렇게 고요한 야음夜陰의 광경이, 이렇게 적막한 말이 이 소설에 있었던가. 쓸쓸하고 절실한, 그래서 오히려 행복감마저 들게 하는 깊은 마음…… 몇 분인가 그런 기분을 맛보았다.

예전에는 거기까지 마음이 미치지 못했다. 그때는 절절하다고도 할 수 있는 이 문장이 눈을 속이고 지나가 버렸었다. 읽고 감명을 받았는데 지금은 잊어버렸다는 그런 이야기가 아니다. 눈에는 비쳤지만 인상에 남지는 않았던 것이다. 왜일까? 답은 뻔하다. '빨리' 읽었기 때문이다. 《나는 고양이로소이다》는 기막히게 재미있는 소설이다. 소세키를 좋아하고, 특히 《나는 고양이로소이다》를 좋아하는 작가 오쿠이즈미 히카루奧泉光는 "(사람들은) 왜 읽지 않을까? 그렇게 재미있는 것을. (중략) 납세의 의무는 게을리 해도 《나는 고양이로소이다》는 읽자"(《必讀書 150》)라고 말했다.

예를 들어 구샤미 선생 집에서의 잡담에서, 데라다 도라히코寺田寅彦(1878~1935)[1]를 모델로 삼았다는 간게쓰 군이 바이올린을 산 사건 같은 것은 어이가 없어 웃음이 나올 지경이다. 그런데 그 우스움에서 이 책의 백미라고 할 수 있는 부분을, 저번에 읽었을 때는 과연 정확하게 읽었는지 심히 염려된다.

간게쓰 군이 시골에서 고등학교를 다니고 있던 무렵의 일이다. 산책을 하던 중이었는데 가게에서 문득 발견한 바이올린이 갖고 싶어 안절부절못하게 된다. 그러나 꾸밈없는, 소박함과 강건함을 미덕으로 삼는 벽촌에서의 일이었다. 남자가 바이올린 같은 것에 미쳐 있다면 연약한 자라는 낙인이 찍히게 마련이고, 그래서 어떤 제재를 받을지도 모른다. 벌건 대낮이나 사람들 눈에 띄는 동안에는 사러 나갈 수도 없다.

---

1 물리학자이자 수필가. 고등학교 시절 나쓰메 소세키에게 배웠으며, 1906년 이후 소세키 집에서 모이곤 했던 '목요회'의 멤버였다. 여기서 언급한 《나는 고양이로소이다》에 등장하는 미즈시마 간게쓰水島寒月의 실제 모델이며 또 《산시로三四郎》에서도 노노미야 미네하치野野宮宗八의 모습으로 나오기도 한다.—옮긴이.

그래서 날이 저물기를 기다릴 셈으로 이불 속으로 파고든다. 이야기가 좀 길지만 인용해 본다. 간게쓰 군이 이야기를 하는데 구샤미 선생 등이 하나하나 훼방을 놓는 부분이다.

"잠자리에서 고개를 내밀고 있자니, 날 저물기가 너무 기다려져서 견딜수가 없겠지요. 하는 수 없이 머리를 콱 처박고는 눈을 감고 기다려봤습니다만 역시 안 되겠더군요. 고개를 내밀었더니 강렬한 가을 햇살이 여섯 자 장지문 가득 쨍쨍 내리쬐는 데는 그만 짜증이 버럭 나겠지요. 위쪽에 가늘고 긴 그림자가 한 덩어리가 되어 가끔씩 가을 바람에 흔들리는 것이 눈에 들어왔어요."

"뭔가, 가늘고 긴 그림자라는 건?"

"떫은감의 껍질을 벗겨서 처마에 매달아놓은 겁니다."

"흥, 그래서?"

"별수 없으니 자리에서 일어나 장지문을 열고 툇마루로 나와 곶감을 하나 따먹었습니다."

"맛있던가?"

주인은 어린애 같은 걸 묻는다.

"정말 맛있었어요, 그곳 감은. 도쿄 같은 데선 도저히 그런 맛은 모르겠죠."

"감은 됐고, 그래서 어떻게 됐지?"

이번에는 도후 군이 묻는다.

"그러고는 다시 기어 들어가 눈을 감고 어서 날이 저물었으면 좋겠는데 하고 살짝 신불神佛에게 빌어봤네. 한 서너 시간이나 지났을까, 이제 됐겠지 하고 고개를 내밀었더니, 맙소사, 강렬한 가을 햇살은 여전히 여섯 자 장지문을 쨍쨍하게 비추지 않겠나, 위쪽에 가늘고 긴 그림자가 한 덩어리로 뭉쳐선 흔들거리겠다."

"그 말은 들었어."

"그 일이 몇 번이나 있었거든. 그 다음 자리에서 나와 장지문을 열고 곶감 하나를 따먹고 다시 자리에 들어가 어서 날이 저물었으면, 하고 은근히 신령에게 빌고 있었지."

"또 제자리 아닌가."

"글쎄 선생님, 그리 서두르지 말고 들어주십시오. 그 다음 한 서너 시간 이불 속에서 참고 있다가, 이번에야말로 됐겠지 싶어 쑥 고개를 내밀어보니, 강렬한 가을 햇살은 여전히 여섯 자 장지문 그득히 비추고, 위쪽에 가늘고 긴 그림자가 한 덩어리로 뭉쳐서 흔들거리고 있겠죠."

"언제까지 말해도 같은 소리 아닌가?"

"그 다음 자리에서 일어나 장지문을 열고, 툇마루로 나와 곶감을 하나 먹고……"

"또 감을 먹었나, 어째 언제까지 가도 감만 먹고 끝이 없군 그래."

"저도 진저리가 납니다."

"자네보다는 듣고 있는 쪽이 훨씬 더 진절머리가 나네."

"선생님은 너무 성급하시니까, 얘기하기가 힘들어 죽겠네요."

"듣는 쪽도 어지간히 죽겠다구."

도후 군도 은근히 불평을 토로했다.

"그렇게 여러분께서 죽겠다니 도리 없지요. 대충대충 접어두고 그만두지요. 요컨대 저는 곶감을 먹고는 자리에 들고, 자리에 들어선 먹고, 마침내 처마 끝에 매달린 걸 모조리 먹어치웠지요."

"모조리 먹었으면 해도 저물었을 테지?"

"그게 어디 그렇게 되나요, 제가 마지막 곶감을 먹어치우고, 이젠 됐겠지 하고 고개를 내밀어봤더니, 여전히 강렬한 가을 햇살이 여섯 자 장지문 가득히 비추어……"

"난 이제 됐네. 언제까지 가도 끝장이 안 나는걸."

"얘기하는 저도 진절머리가 납니다."[2]

앞의 인용은 최신 《소세키 전집》판으로 약 두 쪽 정도의 분량인데, 간게쓰 군이 바이올린을 사기까지, 그리고 사고 나서 막상 켜려고 할 때까지의 이야기는 그후로도 장장 스물네 쪽이나 이어진다. 스물여섯 쪽에 달하는 이 부분을 천천히 읽는 사이에 나도 모르게 독서의 행복감이 밀려든다. 정말이지 재미있다.

더군다나 그 긴 이야기가 끝난 뒤 모두가 돌아가버려 적적한 분위기가 떠도는 장면에서, 앞서 인용한 "무사태평으로 보이는 사람들도 마음속 깊은 곳을 두드려보면 어딘가 슬픈 소리가 난다"라는 한 문장이 적혀 있다. 쓸쓸한 듯한, 애절한 듯한, 그래도 행복한 듯한 기분이 그 한 문장에 의해 퍼져나간다.

저번에 읽었을 때는 이런 기분을 느끼지 못했다. 소세키가 만든

---

2 나쓰메 소세키, 《나는 고양이로소이다》, 유유정 옮김(문학사상사, 1997), 456~458쪽. 여기서는 번역본을 약간 수정하여 인용한다.—옮긴이.

아주 엉뚱한 대화의 레토릭도 거의 기억에 남아 있지 않다. 도대체 그때 난 이 소설을 들고 무얼 했단 말인가! 이미 말한 것처럼 답은 뻔하다. 빨리 읽었던 것이다.

빨리 읽어서 좋은 점은 뭐가 있을까? 나는 지금까지 단 한 번도 책을 빨리 읽고 좋았다고 느낀 적이 없다. 하물며 속독술을 배우려고 해본 적은 더더욱 없다. 속독파들의 입장에서 보면 아마 답답할 정도로 나는 천천히 읽는다. 즉 지독파遲讀派인 셈인데, 어쨌든 천천히 읽는다는 사람은 그다지 많은 편이 아니다. 평론가들의 독서 안내나 독서 일기를 보면 '빨리 그리고 많이 읽는' 것을 권하는 경우가 압도적이다.

문예평론가인 후쿠다 가즈야福田和也(1960~)가 쓴《한 달에 백권 읽고 300매 쓰는 나의 방법ひと月百冊讀み，三百枚書く私の方法》이라는 책이 있다. 어떤 농담을 하고 있을까 펼쳐보니 정말로 한 달에 최소한 백 권은 읽고 있다고 적혀 있다. 그렇다면 일 년에 최소한 1,200권이 아닌가? 게다가 원고를 한 달에 300매나 쓰면서 말이다. 더군다나 대학 강의라든지 세미나 준비도 한다. 물론 강의나 세미나를 하고 또 이런저런 취재를 위해 뛰어다니면서도 매일 여덟 시간은

꼭 자며, 일 주일에 세 번은 친구들과의 모임 장소인 레스토랑에서 취하도록 마신다고 한다. 근사한 일이 아닐 수 없다.

나 같은 사람은 독서량을 말한다는 것 자체가 무의미한 짓이다. 자세한 이야기는 뒤로 미루겠지만, 후쿠다 가즈야가 일 년에 해치우는 분량을 나는 25년 정도 걸리지 않으면 읽을 수가 없다. 이왕 이야기가 나온 김에 말하자면, 후쿠다 가즈야가 일 년에 쓰는 원고를 내가 쓴다고 가정하면, 지금까지의 경험으로 보건대 족히 36년은 걸릴 것이다.

평론가인 다치바나 다카시立花隆[3]의 저서 가운데《내가 읽은 재미있는 책, 엉터리 책 그리고 나의 대량 독서술, 경이의 속독술ぼくが讀んだ面白い本・ダメな本そしてぼくの大量讀書術・驚異の速讀術》(文藝春秋, 2001)이라는, 제목만 봐도 거창하고 황송한 책이 있다. 읽어보니 더욱 황송하다. 미리 말하지만 나는 책 제목이나 내용에 보통과 다른 기이한 요소가 있다고 해서 농담으로 치부하려는 마음 같은 것

---

3 《나는 이런 책을 읽어 왔다》(이언숙 옮김, 청어람미디어, 2001)의 저자이다.—옮긴이.

은 추호도 없다. 다치바나 다카시는 아주 진지하다. 나도 매우 진지하다.

다치바나 다카시가 써놓은 독서 기술은 이렇다. 책은 문장 하나하나를 충실하게 읽는 것이 아니라 책 전체의 구조가 어떻게 이루어져 있는지, 우선 그 흐름을 파악한다. 먼저 장章 단위로 전체의 큰 흐름을 파악한 다음, 절節 단위로 세세한 흐름을 파악해 간다. 속독으로 읽을 때에는 단락 단위로, 단락의 첫 문장만 차례로 읽어나간다. "이런 방법이라면 한 쪽을 읽는 데 1초, 좀 늦더라도 2, 3초면 읽을 수 있다. 300쪽 책이라면 300초에서 900초, 그러니까 5분에서 10분밖에 걸리지 않는다."

매일 원고를 10매 정도 쓰는 것 외에 이런저런 일이나 놀이를 해치우면서도 책은 빼놓지 않고 서너 권씩 읽고 있는(계산상 그렇게 된다) 후쿠다 가즈야도 마찬가지로 아마 '한 쪽 읽는 데 1초, 좀 늦더라도 2, 3초' 속도로 읽고 있을 것이다.

물론 다치바나 다카시는 모든 책을 속독해야 한다고 쓰지는 않았다. 소설같이 책 전체를 다 읽는 것이 기본인 책은 애당초 속독이 불가능하고 또 속독해서도 안 된다고 쓰고 있다. 다만 이제는 기본적으로 그렇게 '시간만 잡아먹어 어쩔 도리가 없는 책'은 거의 읽기를 포기했다고 한다.

　나에게는 이해하기 어려운 점이 몇 가지 있다. 우선 '한 쪽 읽는 데 1초, 좀 늦더라도 2, 3초'라는 읽기 방식이다. 그런데 이것은 불가능한 방법은 아니다. 굳이 심신에 무리를 주면서라도 훈련을 거듭하면 나한테도 가능한 일일지 모른다. 그러나 도대체 무슨 책을 그렇게나 빠른 속도로 읽지 않으면 안 되는지 그것을 모르겠다.

　다치바나 다카시의 《내가 읽은 재미있는 책, 엉터리 책 그리고 나의 대량 독서술, 경이의 속독술》은 서평집이기도 하지만, 거기서 예로 들고 있는 책 가운데 5분이나 15분에 읽어버리고 싶은 책은 단 한 권도 없다. 매력이 있을 것 같은 책이라면 여느 때처럼 느릿느릿 읽고, 읽고 싶지 않은 책이라면 처음부터 아예 손에 들지 않는다.

　아니, 내 표현이 잘못되었는지도 모른다. 다시 말해 어떤 책은 빨리 읽고 어떤 책은 천천히 읽는다는 이야기가 아니다. 속독을 한다면 앞으로 손에 잡은 모든 책을 속독해야 한다. 다치바나 다카시가 말하는 속독은 크게 보면 인생에서의 선택 문제이다. 한 권의 책을 손에 들었을 때 빠르게 읽을지 천천히 읽을지 선택하는 일은 고민할 일이 아니다.

 속독하는 사람은, 간혹 손에 든 '시간만 잡아먹는 책'은 별개로 하고, 그 밖의 모든 책은 항상 속독한다는 것이리라. 그러나 그렇다 면 어떤 직종의 사람이 필요에 쫓겨 항상 '한 쪽 읽는 데 1초, 좀 늦 더라도 2, 3초'의 속도로 책을 읽는 것일까?

 이 세상에는 다치바나 다카시나 후쿠다 가즈야 같은 사람이 있어 매일 눈이 어질어질할 정도로 책을 읽고 있다. 그런 것은 알겠다. 또 실제로 책을 얼마나 읽는지는 별개로 하고, 다치바나 다카시나 후쿠 다 가즈야 외에도 속독이나 다독을 자랑하는 평론가나 서평가 들이 있다. 그것도 알겠다. 그러나 그들이 주장하고 권유하는 독서법은 그들 외에 어떤 사람들에게 필요한 것일까?

 필요로 하는 사람이 있다면(본 적은 없지만), 다치바나 다카시가 주장하는 다음과 같은 인간관을 가질 수 있는 사람이 아닐까 싶다.

 다치바나 다카시는 "앞으로 다가올 시대에 인간이 살아간다는 것 은 '평생 정보의 바다에 빠져 하나의 정보체로서 정보의 신진대사 를 계속하면서 정보와 함께 살아가는' 일"이라고 말하고 있다. 다시 말해 '인간을 끊임없이 정보를 입력하고 출력하는 정보 신진대사체로 보는 것' 이야말로 정보 시대의 인간상에 대한 가장 적확한 묘사라는 것이다.

좋고 싫음을 말해도 아무 소용 없는 일이긴 하지만, 아무래도 나한테는 다치바나 다카시가 말하는 '고도의 정보 인간'이 탐탁지 않게 생각되며, 설령 되고 싶다고 해도 나로서는 도저히 될 수 없는 일임을 알고 있다. 애초에 정보(이 말부터가 싫은데)를 입력하고 출력하며 사는 모습이, 인간상으로서 아무리 적확한 묘사라고 해도 그 이미지가 잘 떠오르지 않는다.

결코 농담으로 치부하는 것이 아니다. 정보를 오른쪽 귀로 넣고 왼쪽 귀로 흘리면서 살아가는 것이라면, 나 자신의 모습으로 금방 이해할 수 있다. 다만 그것은 물론 '고도의 정보 인간' 같은 것이 아니라 단순한 멍청이에 불과할 것이다.

다치바나 다카시의 글 가운데서 다음 부분은 얼핏 나에게도 이해가 될 것 같다. "얼마나 많은 책을 읽고 얼마나 많은 소세계의 주민이 되어 자신을 얼마나 많은 다세계 존재자로 만들었는가에 따라 그 사람의 소우주가 얼마나 풍요로운지 결정된다"라는 부분이다.

사람들을 풍요롭게 하는 것은 물론 책만은 아니지만, 책을 좋아하고 자발적으로 책을 찾는 사람은 읽고 싶은 만큼 읽는 것이 좋다. 따라서 앞의 한 구절에 대해서는 나 역시 문득 동의한 것 같은 기분이 든다.

그러나 다치바나 다카시가 "얼마나 많은 책을 읽고……"라고 쓸 때는 그 뒤에 "얼마나 빨리 책을 읽고……"라는 말이 착 달라붙어 있다. 그렇게 달라붙어 있는 말이 있는 한, 역시 나에게는 이해가 되지 않는다. '많이' 뒤에 '빨리'가 붙으면 양적인 단위 자체가 달라져버린다. 어쨌든 '한 쪽 읽는 데 1초, 좀 늦더라도 2, 3초'인 것이다. 도대체 '많이'라는 것은 어느 정도를 가리킬까? 후쿠다 가즈야가 대신 말한다면, 한 달에 백 권, 일 년에 1,200권 정도가 된다.

나한테는 그런 읽기 방식이야말로 다치바나 다카시가 말하는 '시간만 잡아먹는' 일, 즉 시간 낭비이다. 단순한 낭비가 아니라 인생의 낭비이다. 거듭 말하지만 다치바나 식, 후쿠다 식의 속독은 스스로 정보를 척척 섭취하고 배설하는 '정보 인간'이 되려는, 그런 인생을 선택한 사람에게만 유효한 독서술이다.

게다가 그 사람들은 그렇게 하여 척척 섭취해 나아가는 정보를 자신의 일(직업이든 아니든)에서 어떤 형태로든 살리려는 사람들이다. 그도 그럴 것이다. 자신의 일과는 전혀 무관하게 책만을 밤낮 '한 쪽 읽는 데 1초, 좀 늦더라도 2, 3초' 속도로 대량 독파해 나아가는 사람이 있겠는가. 물론 목적을 가지지 않는 행위가 있어도 나쁘지는 않다. 목적이 없는 독서, 그건 많이 있다. 그러나 목적이 없는 속독이라고 하면, 역시 나 같은 사람은 상상이 안 간다.

'정보 인간'이 되고자 하고 또 대량 정보 섭취를 직업으로 하는 사람, 그런 사람만이 다치바나 식, 후쿠다 식의 속독을 필요로 한다.

다치바나나 후쿠다 자신을 별도로 한다면, 이미 말한 것처럼 나로서는 그 사람들이란 '매일, 매월 대량으로 책을 읽는 것'을 경쟁력으로 삼는 평론가나 서평가 외에는 떠오르지 않는다. 그 밖의 직종에서는 본 적도 없다.

후쿠다 가즈야의 《한 달에 백 권 읽고 300매 쓰는 나의 방법》이나 다치바나 다카시의 《내가 읽은 재미있는 책, 엉터리 책 그리고 나의 대량 독서술, 경이의 속독술》을 읽고 그 제목이나 내용에 놀라 속독이 불가능한 자신에게 초조해하거나 지금까지의 독서량이 너무 적다고 고민하는 사람도 있을 거라고 생각한다. 실로 사람들의 마음을 현혹시키는 책이라고 하지 않을 수 없다.

천천히 읽어도 된다. 오히려 천천히 읽는 것이야말로 인생에서의 선택이다. 결연히, 지독파로 살기로 작정해도 된다. 난 그렇게 생각한다.

요즘은 천천히 읽기를 주장하는 글을 찾아보기가 쉽지 않다. 그러나 찾아보면 과거에는 있었다. 예를 들어 에밀 파게Émile Faguet의 《독서술L' Art de Lire》은 1940년에 일본어 번역본이 나왔는데,[4] 나를 아주 기쁘게 해주었다. 특히 제1장의 제목이 〈천천히 읽는 것〉임을 보았을 때, 이어서 그 첫머리를 읽었을 때 너무 기뻐서 웃음을 터뜨릴 정도였다.

읽는 것을 배우기 위해서는 우선 아주 천천히 읽어야 한다. 그리고 다음으로도 아주 느릿느릿 읽어야 한다. (중략) 책은 향락하기 위해서도, 스스로 배우기 위해서도 또 그것을 비평하기 위해서도, 마찬가지로 천천히 읽어야 한다. 플로베르는 이렇게 말했다. "아아! 이들 17세기 사람

---

4 한국에서는 1959년에 양문사에서 번역되었고, 그후 여러 출판사에서 번역되었다.—옮긴이.

들! (중략) 그들은 그 얼마나 천천히 읽었던가!"

나는 이때 에밀 파게라는 이름을 처음 들었는데, 프랑스의 유명한 비평가이자 문학사가라고 한다. 1847년에 태어나 1916년에 죽었다. 방대한 저작이 있는 듯한데, 일본에 번역된 것은 아마 이《독서술》뿐인 것 같다.

에밀 파게는 '천천히 읽는 것'을 고집스러울 정도로 반복해서 말하고 있다.

세상에는 천천히 읽을 수 없는, 천천히 하는 독서를 견딜 수 없는 책이 있다는 것인가. 물론 그런 책이 있다. 그러나 그런 책은 바로, 결코 읽어서는 안 되는 책이다. (중략) 천천히 읽는 것, 이것이 첫 번째 원칙이며 모든 독서에 절대적으로 적용되는 것이다.

이것은 다치바나 다카시의 의견과는 정확하게 반대된다. 다치바나 다카시에 따르면 "본질적으로 시간 죽이기 용으로 만들어져 취미 성향이 강한 내용의 책은 원래 속독이 불가능하며, 가능하다고 해도 속독해서는 안 될 것이다. (중략) 그러므로 바쁜 사람은 내가 그랬던 것처럼 시간 죽이기 용으로 만들어진 범주의 책은 읽기를 포기하는 수밖에 없다"는 것이었다. 이와 반대로 에밀 파게는 '천천히 읽을 수 없는' 범주의 책을 아예 포기하고 있다.

에밀 파게의 《독서술》만 그렇게 말하는 것이 아니다. 1915년에 나온 엔도 류키치遠藤隆吉(1874~1946)의 《독서법》에도 무심코 무릎을 치고 싶은 구절이 있다.

엔도 류키치 역시 처음 듣는 이름이었는데, 재단법인 스가모巢鴨 학원(현재의 학교법인 지바千葉 학원)의 창립자라고 한다. 근엄하고 열정에 넘치는 교육자로, 특히 독서법에 대해서는 일가견이 있는 사람인 듯하다. 《독서법》이라는 책에서 엔도 류키치는 "대충 읽으면 읽을수록 뇌수가 나빠진다"라고 한 뒤, 다음과 같이 말하고 있다.

신문, 잡문 또는 그 밖의 책을 남독濫讀하는 사람들을 보라. 그 사람들의 눈동자는 흐트러져 있다.

걸작이다. 이 한 구절을 접했기 때문일까, 대량으로 읽는 것을 경쟁력으로 삼는 평론가들의 '눈동자'를 생각하지 않을 수 없다.

나를 기쁘게 해주는 독서법 책에는 또 한 권, 헨리 밀러Henry Miller(1891~1980)의 《나의 독서*The Books in My Life*》가 있다. 이 작가 역시 천천히 읽기의 달인이다. 제1장 〈그들은 살아 있어, 나에게 말을 걸었다〉에서 헨리 밀러는 다음과 같이 말하고 있다.

여기서 나는 억누르기 힘든 충동에 쫓겨 하나의 공짜 충고를 독자에게 바친다. 이런 것이다— 될수록 많이가 아니라 될수록 적게 읽어라! (중략) 인생에서 가장 어려운 것은 엄밀하게 자신의 행복에 득이 되는 것, 보람 있는 일만을 하는 기술을 배우는 일이다.

이어서 헨리 밀러는 이 충고를 이해할 수 있도록, 독자에게 한 가지 테스트를 제안하고 있다. 읽고 싶은 책 또는 읽어야 한다고 생각하는 책을 만나면 4, 5일 그대로 두라는 것이다. 가능하면 그동안 열정을 가지고 그 책의 제목과 저자의 이름을 머릿속에서 되뇌라고 한다.

그리고 나라면 그 제목으로 어떤 것을 썼을까 생각해 본다. 또 그 책을 나의 지식 창고나 열락悅樂의 자산에 더하는 것이 절대로 필요한지 스스로에게 물어본다. 또 그 지식이나 열락의 획득을 포기한다는 것이 무엇을 의미하는지 상상해 본다. 게다가 그 책이 아무리 매력 덩어리라 하더라도 나에게는 그 책 안의 극히 작은 부분밖에는 새로울 것이 없지 않은가도 잘 생각해 본다.

느릿느릿 읽는 정도가 아니다. 책을 읽을 때는 그전에 이만큼의 것을 생각하고 기진맥진해 볼 필요까지 있다고 밀러는 말하고 있다.

에밀 파게, 엔도 류키치 그리고 헨리 밀러는 천천히 읽는 것을 가장 자연스럽고 행복한 독서법이라고 생각하는 나 같은 사람에게는 아주 고마운 후원자이다.

생각해 보면 지금까지 책에서 얼마간의 감동을 느꼈을 때는, 그렇지 않아도 천천히 읽는 내가 더욱 천천히 읽고 있었을 때였다. 급커브에 브레이크를 건 전차처럼 거의 멈춘 듯 속도를 죽이고 읽고 있을 때였던 것이다.

예컨대 안톤 체호프Anton Pavlovich Chekhov(1860~1904)의 단편 소설 〈살인〉에는 클라이맥스를 이루는 대목에 다음과 같은 문장이 하나 있다.

야코프에게는 피바다에 잠겨 있는, 삶은 감자만큼 끔찍한 것은 없었다.

살인 현장이다. 지금 야코프라는 남자와 그의 여동생이, 부엌에서 볼이 미어지도록 게걸스럽게 감자를 먹고 있는 사촌 형제를 죽여버린 순간이다. 기름병에 맞아 정수리가 갈라지고 게다가 다리미로 얻어맞아 그 자리에서 고꾸라진 사촌 형제의 모습에 대해, 체호프는 다른 내용은 전혀 쓰지 않고, 그저 마루에 나뒹굴고 있는 피범벅이 된 '삶은 감자'만을 그렸다.

확실히 이 감자에는 끔찍한 효과가 있다. 이 한 문장이 뾰족하게 솟구쳐 독자들의 상상을 치밀어올린다. 일찍이 문학에 나타난 감자 중에 이런 식으로 묘사된 감자가 있었을까?

이런 부분에서도 나의 책읽기는 거의 정지한 것이나 다름없는 속도가 된다. 붉은 감자를 상상하면 체호프의 이런 영화적인 재능을 느끼고 잠시 감탄하고 싶어진다.

단 한 문장의 효과. 아마 처음부터 천천히 읽지 않았다면 이 한 문장이 마음에 머무는 일도 없었을 것이다. 그리고 감자만을 그려 현장의 처참함을 묘사해 내는 체호프의 재능에 놀라는 일도 없었을 것이다.

　그러나 처음에 읽었을 때는 알아채지 못하고 다시 읽었을 때도 알아채지 못하다가 세 번째 읽을 때에야 겨우 알게 되어, 자신의 얼뜸에 어이없어하는 경우가 나한테는 가끔 있다. 예를 들어 앞에서 말한 《나는 고양이로소이다》 마지막 장의 재미, 쓸쓸함, 절실함, 행복감. 또 귀스타브 플로베르Gustave Flaubert(1821~1880)의 장편 소설 《보바리 부인 *Madame Bovary*》에 그려진 마차 장면도 그랬다.

　엠마 보바리와 청년 레옹이 루안 가의 극장에서 문득 재회한다. 서기를 하면서 법률학을 배우고 있는 레옹은 예전부터 유부녀인 엠마를 동경하고 있었다. 엠마도 그 사실을 알고 있다. 엠마는 남편과 둘이서 루안 가까지 연극을 보러 왔는데, 아무렇지 않은 듯 남편을 먼저 보내고 레옹과 밀회할 기회를 만든다.

　엠마와 레옹은 처음 한동안은 서로 어색해하며 거리를 산책한다. 하지만 레옹이 설레는 기분을 누르지 못하고 엠마를 마차에 밀어넣는데, 그 다음부터가 굉장하다. 레옹은 마부를 심하게 질책하면서 마차를 오로지 내달리게만 한다. 목적지는 없다.

몇 개의 거리와 광장, 강가의 고유 명사를 차례로 열거하면서 미친 듯이 달리는 마차의 속도감을 보여주는 플로베르의 필법도 대단하다. 그런데 나는 그것에만 마음이 쏠려, 마지막의 에로틱한 한 구절을 읽기는 했으되 그것이 눈에 들어오지가 않았다.

마부는 때때로 마부대 위에서 선술집을 향해 절망적인 눈초리를 보냈다. 어디까지 가면 끝장이 날 것인지, 이 손님들은 참으로 이상한 병에 걸려 있지나 않은가, 움직이는 병이라도 걸린 것일까? 이런 생각을 하며, 때때로 마차를 멈추려고 하지만 그럴 때마다 뒤에서 또 날벼락이 떨어진다. 그래서 땀투성이가 된 두 필의 말을 마구 갈겨대지만 마차의 방향이 어디로 가든 아랑곳없이 타는 듯한 목과 피로와 불안 때문에 그는 그저 울고만 싶었다.

그리고 선착장에서는 달구지나 나무통 사이에서, 길가에서는 마차를 막기 위한 돌이 놓인 모퉁이에서, 마을 사람들은 모두 놀란 눈을 부릅뜨고, 지방에서는 일찍이 본 적이 없는 이 형편없는 족속이 창문을 꼭 닫고, 묘혈墓穴보다도 깊은 곳에서 배보다도 크게 흔들리며 한없이 왔다 갔다하는 이 마차를 멍청하게 쳐다보고 있었다.

대낮 정오쯤에 들판 한복판에서 마침 낡은 은빛 칠을 한 마차의 각등
角燈에 햇빛이 가장 강렬하게 비칠 무렵, 단 한 번 작은 황색 포로 된 커
튼 밑으로 맨손이 불쑥 나와 조각조각 찢은 종잇조각을 밖으로 내던졌
다. 바람을 탄 종잇조각은 이리저리 춤추며 한길 저쪽 들판에 이 보라는
듯 피어 있는 붉은 클로버 위로 흰나비처럼 흩어져 사라졌다.[5]

마차에서 던져져 바람을 타고 나는 '조각조각 찢은 종잇조각' 은,
창피한 이야기지만 이 소설을 두 번이나 읽은 다음에도 뭐가 뭔지
알지 못했다. 물론 '종잇조각' 이라는 활자는 눈에 들어왔다. 그 의
미가 머릿속에서 형태를 이루지 못했을 뿐이다.
　종잇조각은 뭘까? 레옹을 만나기 전, 엠마는 레옹에게 이별을 고
하는 편지를 썼다. 그 편지를 지닌 채 밀회 장소로 찾아온 것이다.
종잇조각은 이제 소용이 없어진 그 편지일까? 아니, 그것이 뭐든 간
에 하얀 종이가 나비처럼 훨훨 춤춘다는, 그것만으로 마차라는 밀실

5　임문영이 옮긴 《보바리 부인》(세계문학대전집 19, 삼성당, 1984, 289쪽)을 약간 수정해서 인용함.—옮긴이.

에서 벌어지는 관능적인 사건이 드러난다. 처음 읽을 때도 두 번째 읽을 때도 천천히 읽기는 했지만, '충분할 만큼 천천히' 읽지 않았던 것이다. 충분할 만큼 천천히 읽으면 종잇조각이 머릿속에서 형태를 이루게 된다. 마차의 창에서 던져진 종잇조각이 바람을 타고 휠 휠 춤추는 것이 관능적인 영상으로 보이기 시작한다.

내가 보는 영상에서는, 마차의 창에서 불쑥 나온 손은 물론 청년 레옹의 손이 아니라 보바리 부인의 가느다란 손이다.

너무 빠르지 않게 느릿느릿 읽으면, 마차의 창으로 내밀어진 엠마 보바리의 손까지 '읽을 수 있다.' 너무 빠르게 읽으면《나는 고양이로소이다》에서처럼 정말로 통절한, 끝이 뾰족한 문장이나 재미로 가득한 내용이 전혀 눈에 들어오지 않게 되기도 한다.

그러나 '천천히'라는 것은 어느 정도의 속도일까? '너무 빠르다'는 것은 어떤 기준을 '넘어선다'는 것일까? 명시할 수 있는 것일까?

뜻밖에도 명시할 수 있을지도 모른다. 읽는다는 것이 인간의 행위 가운데 하나인 한, 걷는 것이나 먹는 것과 마찬가지로 우리가 가지고 있는 생체 리듬과 관련되어 있는 것이 아닐까? 물론 시각이나 지각의 미묘한 작용처럼 관련되어 있을 테고, 또 깊숙한 곳에서는 호흡의 상태 같은 것과도 관련되어 있으리라.

예전에 NHK 교육 텔레비전의 프로그램에 《코끼리의 시간, 쥐의 시간》을 쓴 생물학자 모토카와 다쓰오本川達雄(1948~)가 나와서, 자신이 메밀국수를 먹는 장면을 촬영한 비디오를, 빨리 돌려 보여주기도 하고 천천히 돌려 보여주기도 하면서 동물들이 '살아가는 리듬'을 설명한 적이 있다.

코끼리와 생쥐를 비교하면 심장 박동이건 혈액 순환 사이클이건 코끼리가 생쥐보다 열여덟 배나 긴 리듬으로 살고 있다. 그것을 설명하면서 생물학자 모토카와 다쓰오는 메밀국수를 먹는 장면을 찍은 비디오테이프를 사용했다. 우선 열여덟 배 빨리 돌리기로 재생한 움직임이 코끼리가 본 생쥐의 움직임과 같다고 한다. 젓가락을 대자마자 메밀국수는 뱃속에 들어가 있다. 눈 깜짝할 사이에 일어난 일이다. 다음으로 열여덟 배 천천히 재생해 본 움직임이 생쥐가 본 코끼리의 움직임이라고 한다. 젓가락으로 메밀국수를 집은 채 거의 멈춰 있는 것 같다.

살아가는 리듬이 다르면 세계관이 다르고 가치관이 다르다. 이

세계가 드러나는 방식이 전혀 달리 보인다고 모토카와 다쓰오는 말한다.

책 한 쪽을 1초에서 3초, 300쪽 책을 5분에서 15분에 읽어버리는 읽기 방식은, 흡사 열여덟 배 빠른 속도로 재생한 메밀국수를 먹는 방식 같은 것이 아닐까? 그것은 이미 살아가는 리듬의 해체이다. 실제로 그런 식으로 자꾸 책장을 넘기는 동안은 숨을 죽인다거나 가쁘게 쉰다거나 해서 호흡도 상당히 흐트러진다.

그만큼의 속독은 아니라 하더라도, 예컨대 내가 《나는 고양이로소이다》에 있는 예의 그 한 문장을 그냥 쓱 읽고 지나갔을 때, 《보바리 부인》의 관능적인 한 구절을 알아채지 못했을 때, 내가 가지고 있는 읽기 방식의 리듬 또는 살아가는 리듬이 나도 모르는 사이에 변조된 것이다.

독서가 아니라, 예컨대 걸어가는 것은 그 리듬을 체감하기가 훨씬 쉽다. 가령 집에서 전철역까지 걸어서 대충 십 분 정도 걸린다고 하자. 내가 매일 아침 십 분 걸려 전철역까지 걷는다면, 옆집 사람 역시 십 분 정도 걸려 전철역에 도착한다. 다른 이웃들도 대개 십 분 정도 걸려 전철역까지 걷는다. 그런데 서둘러 칠 분 만에 가려고 하면 여느 때의 리듬을 깨뜨려야 한다. 호흡의 횟수가 많아지고 맥박도 빨라지며 피가 솟구친다. 땀도 흐른다. 확실히 리듬 감각의 변화를 알 수 있다.

마찬가지로 개인차야 있겠지만 대체로 밥 먹는 것에도 생체 리듬이라는 것이 있다. 그 밖의 일상적인 행위도 그 행위마다 몸에 밴 리듬이 있어 우리는 그 리듬에 따라 자신의 일상을 조율한다.

일상의 행동 중에서는 아무래도 책을 읽는 리듬만큼 애매모호한 것이 없지 않을까? 그냥 내버려두면 무엇이든 빨리 하고 싶어하는 것이 이 사회이다. 그래도 걷는 것이나 먹는 것 등은 너무 부자연스런 속도로 하면 신체 기관이 거부 반응을 보여 제어할 수 있지만, 책을 빨리 읽는 것은 그렇지가 않아서 막을 수가 없다.

나 자신도 책 읽는 리듬을 체감으로 알고 싶다. 그런 생각을 하는 사이에 어떤 우연한 계기로 접한 한 구절이 있다. 그것은 '천천히 읽는' 리듬을 체험하는 가장 좋은 예 가운데 하나가 아닐까 싶다.

그 구절은 바로 《사라시나 일기更級日記》의 첫부분에 나온다. 1020년, 아직 열세 살밖에 안 된 소녀, 스가하라 다카스에菅原孝標의 딸이 임지任地인 가즈사上總(지바千葉 현)에서 교토로 돌아오는 아버지를 따라 여행하는 동안 무사시국武藏國의 다케시바 사竹芝寺라는 절에서 들은 이야기이다. 옛날 그 지역에 사는 한 남자가 도읍으로 끌려가 궁중을 경비하는 초소에 근무하게 되었다. 어전의 마당을 쓸다가 그 남자는 한탄하면서 이렇게 중얼거렸다고 한다.

어찌 이런 시련을 당한단 말이냐.
우리 고향에 일곱 동이, 세 동이 담가놓은 술항아리에 띄워놓은 호리병박 국자,
남풍 불면 북쪽으로 너울거리고,
북풍 불면 남쪽으로 너울거리고,
서풍 불면 동쪽으로 너울거리고,
동풍 불면 서쪽으로 너울거리는데 보지도 못하고
여기 이렇게 있을 줄이야.

어째서 이런 일을 당하는가. 고향에는 저쪽에 일곱, 이쪽에 셋, 자기 집에서 담근 술항아리가 여러 동이나 있고, 거기에 띄운 호리병박 국자가 바람이 부는 대로 술 위를 너울거리며 떠돈다. 그 모양을

보지 못하고 여기서 이렇게 있을 줄이야.

우연히 그 말을 엿들은 공주는 그 남자가 중얼거린 고향 정경의 뭐라 말할 수 없는 자유로움에 감격한 나머지, 그 남자에게 자신을 데리고 무사시국까지 도망가 달라고 부탁한다. 그 다음은 두 사람의 분방한 도망 이야기이다. 그런데 무엇보다 앞에서 인용한 남자의 중얼거림이 굉장하다.

좀 낯선 말이 '호리병박 국자'인데, 이것은 표주박을 세로로 쪼개 만든 국자를 말한다. 호리병박은 특별히 손잡이를 붙이지 않고 그것의 일부가 그대로 손잡이가 된다. 여기서는 표주박의 몸통에서 가는 부분이 손잡이가 되어 있는 것을 가리킨다.

이런 것들이야 주석이나 뭔가를 보고 안다고 하고, 정작 이것을 읽으면서 국자가 떠도는 모습을 자연스럽게 떠올릴 수 있다면 그것이 바로 '천천히 읽는' 리듬이다.

여러 동이나 되는 술항아리마다 술국자가 하나씩 떠돌고 있다.

남풍이 불면 그 많은 국자가 술 위에서 나란히 북쪽으로 너울거린다.

북풍이 불면 역시 모든 국자가 술 위에서 나란히 남쪽으로 너울거린다.

서풍이 불면 동쪽으로, 동풍이 불면 서쪽으로 너울거린다.

넉넉하고 유유자적한 서정은, 예컨대 "남풍 불면 북쪽으로 너울거린다"라는 부분을 읽으면서 그와 동시에 많은 술항아리에 떠도는 국자가 나란히 남쪽에서 북쪽으로 천천히 너울거리는 모습을 떠올림으로써 비로소 솟아나는 것이다. 여러 개나 되는 국자가 일제히 같은 방향으로 움직이는 데서 느긋하고 평온한 인상이 빚어지는데, 단 하나의 국자밖에 떠올리지 못했다면 '기준'을 넘어 너무 빨리 읽은 것이다.

눈이 글자를 좇아가다 보면 그에 따라 정경이 나타난다. 눈의 활동이나 이해력의 활동이 다 갖추어진다. 그때는 아마 호흡도 심장 박동도 아주 좋을 것이다. 그것이 읽는다는 것이다. 기분 좋게 읽는 리듬을 타고 있을 때, 그 읽기는 읽는 사람 심신의 리듬이나 행복감과 호응한다. 독서란 책과 심신의 조화이다.

무슨 책인가를 읽고 있으면서 읽는 리듬을 잃어버렸다고 느낄 때, 나는 앞에서 든 "남풍 불면 북쪽으로 너울거리고, 북풍 불면 남쪽으로 너울거리고, 서풍 불면 동쪽으로 너울거리고, 동풍 불면 서쪽으로 너울거리고⋯⋯"라는, 이 한 구절을 생각한다.

그 구절은 읽는 리듬을 회복시켜 줄 뿐만 아니라 희미하긴 하지만 놀랍게도 심신의 리듬까지 조절해 준다. 적어도 그런 기분이 든다. 물론 속독 같은 것에는 그런 효능이 없다.

행복한 책읽기

책읽기의 기본은

통독通讀이다. 한 권의 책을 첫 장부터 마지막 장까지 다 읽는다. 그 것이 기본이다. 창피할 정도로 당연하고 또 무척이나 진부한 말이지 만 나한테는 눈곱만큼의 거짓도 없는 말이다.

통독함으로써 비로소 독서를 했다고 내 마음도 납득한다. 띄엄띄 엄 골라 읽는다거나 건너뛰고 읽어서는 독서의 즐거움을 느낄 수 없 다. 애당초 띄엄띄엄 골라서 읽거나 건너뛰고 읽는 것을 독서라고 생각해 본 적도 없다.

그러나 속독하는 사람들에게는 통독이 꼭 당연한 일은 아니다. 다치바나 다카시는 예의 그 책에서 "저자 또한 독자가 책 전체를 다 읽을 것이라고 기대하는 것도 아니고, 필요성에서 봐도 전체를 다 읽을 필요가 없는 책도 아주 많다"라고 쓰고 있다. 다치바나에게는 그 말 그대로일 것이다.

한 권의 책을 집어들었을 때, 그 책 전체를 다 읽을 필요가 있을지 없을지는 책마다 정해진 것이 아니다. 물론 그 책의 저자가 '기대' 를 하고 있는지 어떤지 하고도 상관이 없다. 그저 독자 개개인이 정 할 일이다. 다치바나 다카시처럼 대량의 책에서 재빨리 정보를 입수

하고 그것을 기초로 자신의 정보를 쉴새없이 만들어 배출해 가는(즉 원고를 쓰는) 것을 직업으로 하는 사람은, 책을 일일이 통독해서는 수지가 맞지 않는다.

그러한 수지 계산이 필요한 사람에게는 끝까지 다 읽어야 하는 책 같은 것은 저절로 한정되게 될 것이다. 그러나 나는 그러한 입장에 있는 것도 아니고 또 그런 생활을 하고 있지도 않다.

책을 읽다가 도중에 그만두어 버리는 일은 나에게도 자주 있는 일이다. 따라서 "책을 많이 읽기 위해 무엇보다 중요한 것은, 읽을 필요가 없는 책은 되도록 빨리 가려내고, 읽지 않기로 마음먹었다면 단호하게 멈추는 일이다"라고 쓴 다치바나 다카시의 의견에 결코 반대하지 않는다.

반대하지는 않지만 위화감을 느끼는 곳이 두 군데 있다. 이야기가 좀 옆으로 새지만 이것만은 말하고 넘어가야 할 것 같다.

첫 번째는 "책을 많이 읽기 위해……"라는 부분이다. 생각건대 책을 많이 읽어야 한다는, 어느새 생겨나 이미 만연해 있는 강박적인 이 말에는 충분한 주의를 기울이는 게 좋을 것 같다. 물론 나 역시 읽고 싶은 책이 많다. 그러나 나 같은 사람이 '많이'라고 하는 것과 다치바나 다카시나 후쿠다 가즈야 등이 '많이' 라고 하는 것 사이에는 숫자의 단위가 다르다. 생쥐와 코끼리만큼이나 그 세계가 다르다. 어쨌든 간에 도량형이 전혀 다른 이야기가 되어버린다. 그것은 이미 1장에서 쓴 대로이다.

이왕 나온 김에 다 말하기로 하자. 예전에 고바야시 히데오小林秀雄가 "남독의 해害라는 말을 하지만 이렇게나 책이 쏟아져 나오는 세상에서 남독하지 않는 사람은 저능아일 것이다"(《독서에 대하여》)라는 굉장한 말을 했다. 그렇게까지 말할 필요가 있을까 생각되는 대목인데, 그래 봐야 고바야시 히데오가 말하는 '남독' 은 책의 물리적인 분량으로 쳐 다치바나 다카시나 후쿠다 가즈야의 '많이' 를 훨씬 밑돌 것이다.

왜인가? 사실 고바야시 히데오라는 사람은 책을 읽는 속도가 느린 사람이었다.

다시 한 번, 이왕 나온 김에 하는 말이 되겠지만, 앞에서 인용한 고바야시 히데오의 글에서 다른 부분을 골라내 보자.

스기무라 소진칸杉村楚人冠 씨의 감상이었다고 생각되는데, 인쇄의 속도나 책의 보급 속도는 놀랄 만큼 빨라졌고 책의 양은 점점 증가하는데, 사람이 책을 읽는 속도는 여전히 옛날 그대로라는 사실은 실로 골계감 滑稽感을 일으키는 것이라는 의미의 문장을 읽은 적이 있다. 나는 독서의 진수라는 것은 이 골계 안에 있다고 생각한다.

문자의 수가 아무리 늘어나더라도 우리는 문자를 일일이 더듬고 판단하고 납득하고 비평조차 해가면서, 책이 말하는 바에 따라 자력으로 마음의 한 세계를 재현한다. 이러한 정신 작업의 속도는 인쇄의 속도 같은 것과는 아무런 관계도 없다.

나는 특히 "나는 독서의 진수라는 것은 이 골계 안에 있다고 생각한다"라는 부분에 공감했지만, 그것은 제쳐두고 앞의 인용문과 같은 생각을 가진 사람이 말한 '남독'과 다치바나가 말하는 '많이 읽기'는 전혀 다른 차원의 것이라는 사실은 분명하다. 좀 장황한 이야기가 되겠지만, 다치바나가 말하는 다독은 '한 쪽에 1초, 좀 늦더라도 2, 3초'라는, 거의 '인쇄의 속도'에 필적할 만한 속도를 의미하고 있다.

두 번째는 "읽을 필요가 없는 책은 되도록 빨리 가려내고……"

라는 부분이다. 이 '필요'라는 것은 무슨 의미일까? 저널리스트는 저널리스트로서 필요한 책을 읽는다. 학자는 학자로서 필요한 책을 읽는다. 물론 그것은 당연한 일이다. 내 경우에도 월급쟁이인 자신의 직업적인 필요에 따라 책을 읽고 있다. 혹은 직업적인 필요가 아니라 생활의 필요에 따라 읽는 책도 있다. 아니면 또 예상도 하지 못한 필요에 쫓겨 읽는 경우도 있다. 그런 책들이야 읽다가 '필요 없다'고 판단되면 재빨리 읽기를 그만두어 버린다.

따라서 앞에서 본 다치바나의 말에 결코 반대하는 것은 아니다. 하지만 정말로 끈질기게 위화감을 느끼고 만다. 그 위화감이란 대체 뭘까 생각하던 끝에 저절로 알게 되었는데, 필요가 있어서 책을 읽을 때 나는 그것을 독서라고 생각하지 않는다는 것이다. 그것은 '읽는다'고 말하는 것이 아니라 '살펴본다'고 말하는 것이 아닐까? 혹은 '참조한다'고 말하는 것이 아닐까?

설령 한 권의 책을 읽고 기획서나 리포트를 쓰는 데 도움이 되는 경우가 있어도, 나에게는 그것을 두고 독서라고 말하는 그런 감각이 없다. 물론 필요가 있는 일이기 때문에 띄엄띄엄 읽기도 하고 건너뛰며 읽기도 한다. 그러나 한 권의 책을 띄엄띄엄 다 읽고 난 뒤, 나는 그것을 독서한 책의 권수로 세지 않는다. 나만이 아닐 것이다. 세간에서도 일반적으로 그런 것을 독서로 간주하지 않을 것이다.

내가 잘못 알고 있는 거라면 미안한 얘기지만, 후쿠다 가즈야가 한 달에 적어도 백 권을 읽는다고 말할 때, 그 권수에는 일 때문에 한 부분을 살펴보았거나 참조한 책까지 모두 포함되었을 것이다. 세상에, 그런 것까지 독서로 계산하다니!

다치바나 다카시나 후쿠다 가즈야를 비롯하여 속독이나 다독을 외치는 사람들은 '필요'라는 도끼를 휘둘러 항상 기세 좋게 책을 쫙쫙 가르기도 하고 부수기도 하는 모양이다. 과연 책을 그렇게 쫙쫙 처리해 버릴 수 있는 것일까? 나 같은 사람도 때로는 한 권의 책을 여기저기 띄엄띄엄 읽고는 처리했다는 기분이 들 때가 있다. 다만 앞에서 말한 것처럼 그것을 독서라고 하지는 않는다.

독서라고 하면 우선 통독이다. 요즘은 그것이 너무 소홀히 여겨지고 있다. 안타까운 일이다. 책 한 권을 끝까지 다 읽는 것이 독서의 즐거움 가운데 하나가 아닐까? 읽고 싶기는 했어도 어떤 이유로 통독할 수 없었을 때, 아무래도 뭔가 개운치 않은 느낌이 남지 않을까? 생각대로 되지 않고 끝나버린 느낌이 남지 않을까?

나는 다 읽었을 때의 기쁨이 독서의 기쁨 중에서 가장 소중한 것 가운데 하나라고 생각한다.

시집 《다다이스트 신키치의 시ダダイスト新吉の詩》로 알려진 전위 시인 다카하시 신키치高橋新吉에게는 〈너무 탐하는 욕망貪婪な慾望〉이라는 짧은 독서 에세이가 있다. 그 글에서 시인 다카하시는 자신의 독서에 대해 "도중에 내던지는 일은 하지 않는 편이며, 책장을 뛰어넘지 않고 끝까지 읽는 편이다"라고 쓰고 있다. 상당히 조숙해서 열서너 살 무렵인 상업학교 학생 시절에 도스토예프스키의 《죄와 벌》을 정신없이 열세 번이나 읽었다고 한다. 그때를 회상한 부분을 인용해 보자.

책을 놓을 수 없다는 말이 있는데, 말 그대로 나는 《죄와 벌》을 다 읽을 때까지 한 번도 손에서 놓지 않았다. 우치다 로안內田魯庵이 번역한 것으로 영어 번역본을 중역한 것이었다고 생각된다. 그런데 나는 도스토예프스키에 대해서도, 우치다 로안에 대해서도 아무것도 모르고 있었다. 누군가한테 빌린 것이었는데, 작은 글자가 빽빽이 들어찬 자그마하고 상당히 두꺼운 책이었다.

나는 풀밭에서 배를 깔고 읽고 있었다. 아직 백 쪽 정도 남아 있었다. 날이 저물고 주위는 점점 어두워졌다. 방과 후 집에 돌아가지 않고 저녁 밥도 먹지 않은 채 책을 읽고 있었던 것으로 기억한다. 이제 글자는 거의 보이지 않았다. 그래도 나는 움직이려 하지 않았다. 나의 두 눈은 충혈되어 불을 내뿜고 있었을지도 모른다.

마지막 한 글자를 다 읽을 때까지 나는 일어서지 않았다. 이상하게도 작은 글자가 어둠 속에서도 도드라져 보이는 것이었다. 나는 그때만큼 해가 지는 것을 저주한 적이 없다.

전신으로 엄습해 오는 밤을 밀어내고 읽기를 계속했다. 아무래도 도중에 그만둘 기분이 아니었던 것이다.

도스토예프스키의 위대한 영혼이 나를 사로잡아 놓아주지 않았을 테지만, 이걸로 보면 번역이 서툴다거나 잘못된 번역은 큰 장애가 되는 것이 아니며 원작자의 정신이 연소되었는가 아닌가가 문제일 뿐이라는 생각도 든다. 나는 노파를 죽인 라스콜리니코프의 최후가 어떻게 될지 확인하지 않고서는 숨도 제대로 쉴 수 없는 상태에 빠져 있었던 것이다.

또 영국의 작가 조지 기싱George Gissing(1857~1903)의 《헨리

라이크로프트의 수기*The Private Papers of Henry Ryecroft*》'에도 이런 장면이 있다. 화자인 '나'는 젊은 시절을 회상하는데, 극도로 가난하여 항상 주린 배를 움켜쥐고 먹을 것을 찾아 헤매는 것 이상의 정열로 책을 찾았던 날들을 그리워하는 장면이다.

회상 속에서, 위장이 애절하게 꼬르륵거리는 식사 시간에 거리를 서성거리던 '나'는 문득 헌책방 진열대에서 책 한 권을 발견하고 발에 못이 박힌 듯 자리를 뜨지 못했다. 어느 로마 시인의 시집이었는데, 아주 오랫동안 찾고 있던 책이었다. 게다가 값이 아주 쌌다. 6펜스였다. 그러나 그에게는 그 돈이 더할 나위 없이 소중한 전 재산이었다. 그 돈만 있으면 한 접시의 고기와 야채를 먹을 수 있었다.

결국 그는 전 재산을 털어 책을 사 집으로 돌아왔다. 집에 있던 빵으로 대충 허기를 달래고는 그 책을 탐독했다. 그 책 마지막 쪽에는 연필로 '1792년 10월 4일 완독'이라고 적혀 있었다.

약 백 년 전에 이 책을 소유했던 사람은 대체 누구였을까? 그것 말고는 아무것도 적혀 있지 않았다. 나는 이렇게 상상하고 싶었다. 어떤 가난한

학자가 나처럼 가난했지만 학구적이어서, 자기의 피를 흘리고 수명을 깎아내는 마음으로 이 책을 사서 나만큼이나 애독했을 거라고.

여기에 적혀 있는 것은 영혼을 태울 정도로 절실하고 또 따끔따끔하기도 한 독서 자체의 기쁨인데, '거의 백 년 전'의 책 주인이 수줍고도 조심스럽게 연필로 적어놓은 완독 날짜가 그 기쁨을 한층 더 해주는 것 같다. 정말 다 읽고 난 뒤의 행복감이라는 게 있는 것이다.
　그러나 물론 다 읽는 것만이 행복은 아니다.
　행복이란 행복의 예감이다. 누구였던가, 그렇게 썼던 작가가 있었다. 읽지 않는 동안에 행복을 예감한다. 이것이야말로 독서에서는 매우 소중한 일이다.
　프랑스의 작가 발레리 라르보Valéry Larbaud(1881~1957)[2]에게는 《처벌되지 않는 악덕, 독서》라는, 얄미울 정도로 센스 있는 제목

1 《기싱의 고백》(이상옥 옮김, 효형출판, 2000)이라는 제목으로 번역되어 있다.—옮긴이.
2 프랑스의 작가이자 번역가. "번역은 말의 무게를 다는 것이다. 저울의 한쪽에 저자의 말을 얹고 다른 한쪽에는 번역어를 올려놓는 일이다"라는 말이 유명하다.—옮긴이.

의 에세이가 있다. 그 책의 첫머리에, 미국에서 태어나 런던에서 살았던 시인 스미스L.P. Smith가 쓴 산문시 〈위로〉(1919년 발표)가 인용되어 있다.

내용은 이렇다. 어느 날, 의욕을 잃고 축 처진 기분으로 지하철을 타고 있었다. 인간의 생활에 주어져야 할 다양한 기쁨을 생각하고 그 안에서 위로를 찾아보았다. 술이라는 기쁨. 영광이라는 기쁨. 우정이라는 기쁨. 음식물이라는 기쁨. 그러나 어느 것 하나 관심을 기울일 만한 것으로 생각되지는 않았다.

그 다음 부분을 인용해 보자.

그러고 보면 이 엘리베이터에 마지막까지 남아서, 그것들에 비해 더 진부하지 않은 무엇 하나 제공해 줄 것 같지 않은 세계로 다시 올라갈 가치가 대체 있기나 한 것일까?

그런데 돌연 나는 독서를 생각했다. 독서가 가져다주는 저 미묘하고 섬세한 행복을…… 그것으로 충분했다. 세월이 흘러도 둔해지지 않는 기쁨, 저 세련되고 벌받지 않는 악덕, 자기 중심적이고 청징清澄한, 게다가 영속하는 저 도취가 있다면 그것으로 족했다.

이런저런 일이나 생활에서 뭔가 호되게 환멸을 겪는다거나 의욕을 잃어버리는 일이 있어, 이제 지하철의 엘리베이터에서 지상으로 올라갈 기분마저 나지 않는다. 그러나 마치 하늘의 계시처럼 독서를 생각해 내고 그 행복감과 도취의 예감만으로 참담하게 맥이 풀렸던 마음이 구원을 얻는다.

여기서 말하는 '독서'란 결코 독서 일반을 의미하는 것이 아닐 것이다. 이 시의 주인공도 반드시 뭔가 구체적인 책의 제목을 떠올리고는, 그 책을 읽는다는 생각을 하는 것만으로 갑자기 가슴이 확 트이면서 기쁨으로 고양된 것이리라.

나도 독서 일반으로는 좀처럼 고양될 수 없는데, 어떤 특정한 책의 제목을 생각해 냄으로 해서 그것만으로도 절실하게 기쁨에 젖어든다. 그런 책이 몇 권인가 있다. 앞의 시를 쓴 작가 스미스도 분명히 가슴속 깊이 간직한 책 가운데 몇 권인가 아주 좋았던 책을 생각하면서 그 시를 썼을 것이다.

이것이 읽기 전에 행복을 가져다주는 아주 좋은 책이 사람들 각자의 가슴에 저장되는 경우라고 한다면, 그때까지 알지 못했던 책을 읽고 싶다는 욕망으로 기분이 고조되는 경우도 있다.

얼마 전 작가 다케니시 히로코竹西寬子(1929~)가 신문에 쓴 기사를 읽고 나는 그런 기분을 맛보았다. 서평란에 마련된 〈항상 옆에 책이〉라는 제목의 칼럼이었다. 그 칼럼에서 다케니시 히로코가 소개한 하타노 세이이치波多野精一(1877~1950)의 《서양철학사요西洋哲學史要》라는 책을 나는 알지 못했는데, 그 칼럼 덕분에 당장이라도 읽고 싶은 기분이 들었던 것이다.

소녀 시절의 독서를 뒤돌아보며 다케니시 히로코는 다음과 같이 적고 있다.

십대에 읽은 책 중에서 한 권만 들라고 한다면 하타노 세이이치의 《서양철학사요》가 아닐까? 제목이 보여주는 그대로 그 시절의 내게는 아주 낯선 내용이었다. 그런데도 거의 후각에 기대는 마음으로 그 책을 찾아냈다.

소녀 시절, 자주 위협을 느끼고 있었던 것이 '나'였다. 자신 안에 상반된 자신이 있었다. 나중에 알게 된 말로 하면 이성과 감성이 되는데, 인간 관계에 자신감을 가질 수 없는 불안이 원인이었다. (중략)

나는 도대체 무엇인가? 왜 이다지도 으스스한 느낌인가? 자연히 물음은 인간의 시작, 우주의 시작으로 향하지 않을 수 없었다.

《서양철학사요》라는 책을 찾아낸 것은 오빠의 책꽂이에서였다. 오빠는 화학자를 지망했지만 실험에 관련된 책 옆에는 《'이키'의 구조'いき'の構造》[3]나 《선의 연구善の研究》[4] 등도 꽂혀 있었다.

《서양철학사요》는 커다란 활자의 문어체 문장으로 되어 있었다. "그리스 철학의 비조 탈레스는 물을 원질arche이라 했도다." '물' 옆에는 ○ 표시가 붙어 있다. ○ 표시가 붙은 말은 그후 '토 아페이론to apeiron'[5]이 되고, 다시 '공기' '변화·생성'이 되고 또 '불'이 되는 식으로 자꾸 변해 갔다.

나는 우주의 시작에 대한 생각이 사람에 따라 다르고, 모처럼 얻은 답도 다음의 새로운 답이 나올 때까지만 생명이 있다는 사실에 긴장했다.

---

3 구키 슈죠九鬼周造(1888~1941)가 1930년에 간행한 책으로 한국에도 번역되어 있다.(이윤정 옮김, 《'이키'의 구조》, 한일문화교류센터, 2001)—옮긴이.

4 니시다 기타로西田幾多郎(1870~1945)가 1911년에 쓴 본격적인 철학 서적이다. 이 책 또한 한국에 번역되어 있다.(서석연 옮김, 《선의 연구》, 범우사, 1990) 니시다의 《선의 연구》는 메이지 시대 초기 서양 철학이 수입된 이래 일본인에 의해 처음으로 수립된 독창적인 철학 체계라고 할 수 있다. 이 책은 다이쇼, 쇼와 시대를 거치면서 철학 전공자들뿐만 아니라 일반인에게도 널리 읽힌 철학 서적이라고 한다.—옮긴이.

5 탈레스는 만물의 원질이 물이라고 한 반면, 그의 제자인 아낙시만드로스는 토 아페이론, 즉 무한한 것이 원질이라고 했다. 그리고 아낙시만드로스의 제자인 아낙시메네스는 공기를 원질이라고 했다.—옮긴이.

놀라움과 한숨의 반복으로 분주했다.(《아사히 신문朝日新聞》, 2002년 5월 19일자)

하타노 세이이치의 《서양철학사요》는 메이지明治 34년, 즉 1901년에 초판이 간행되었다. 다케니시 히로코가 십대인 때라면 태평양 전쟁이 한창일 때에서 전후에 걸친 시기일 것이므로, 그 책은 상당히 오랫동안 읽혀온 셈이다. 자신에 대한 불안에서 '우주의 시작'으로 향하지 않을 수 없었다는 것도 그렇고, 그 책을 긴장해서 읽었다는 뛰어나고 섬세한 소녀의 심성에도 끌리는 점이 있었지만, 어쨌든 나는 "그리스 철학의 비조 탈레스는 물을 원질이라 했도다"라는 문장의 드높은 어조가 마음에 들었다. 이러한 문장은 금방 외어버린다. 그리고 일단 외워버리면 그것이 저절로 입에 붙어 나와 한층 더 좋아하게 된다.

젊은 시절, 프랑스 중세의 도둑 시인 프랑수아 비용François Villon의 시 〈유품의 노래〉를 스즈키 신타로鈴木信太郎의 번역본으로 읽었을 때, 그 첫머리의 훌륭한 어조에 끌려 그 시가 생각날 때마다 즐거운 기분이 들곤 했던 적이 있다.

금년維歲 사백오십육,

난 프랑수아 비용, 학도로세.

사백오십육이라는 것은 서기 1456년을 줄여서 한 말이다. 이해 크리스마스날 밤, 파리 대학의 재기발랄한 학사學士이자 아무도 손쓸 도리가 없는 악당 비용은, 기특하게도 참회하는 척하면서 노래하고 있다. 그런데 이 시의 둘째 행에서 "난 프랑수아 비용, 학도로세"라고 드높은 어조로 자신의 이름을 말하는 것이 재미있어 잊혀지지 않는다.

비용의 이 시는 일본어로 많이 번역되어 있지만, 이제는 "난 프랑수아 비용, 학도로세"라는 표현이 귀에도 마음에도 친숙해졌기 때문에 다른 번역은 읽을 마음이 나지 않는다.

다케니시 히로코의 에세이를 읽고, 철학자 하타노 세이이치의 책에 있는 "그리스 철학의 비조 탈레스는 물을 원질이라 했도다"라는 한 문장의 울림에도 마음이 들떠서 그 책《서양철학사요》가 당장 읽고 싶어졌다.

《서양철학사요》는 메이지 시대(1868~1912)에서 쇼와昭和 시대

(1926~1989)에 걸쳐 스테디셀러였다. 다행히도 헌책방에 가서 찾으니 금방 구할 수 있었다. 읽기 시작하기 전의 행복은, 흙에 뿌려진 물처럼 가슴속으로 순식간에 스며들었다.

앞에서 인용한 문장 뒤에 이어지는 철인 탈레스를 말하는 한 구절로, 그러면 어째서 탈레스는 물을 세계의 원질이라 생각하게 되었는가 하는 것에 대해 하타노 세이이치가 설명하는 부분을 조금만 인용해 보자.

또는 물이 올라가 기체가 되고 또 내려와서는 땅을 적시고, 또는 육지를 돌고 배를 띄우고, 게다가 성난 파도가 소용돌이치는 곳에서는 모든 것을 자기 뱃속에 삼켜버리는 그 변화와 동요의 한없는 모양은 대저 탈레스로 하여금 물이야말로 세계의 원질이라는 사상을 품게 했으리라.

자기 자신에 대해 또 우주의 시작에 대해 놀라움과 한숨을 반복하면서 필사적으로 배우고 있던 소녀 시절의 다케니시 히로코는 앞에 적힌 대자연의 극劇도 열중해서 읽었으리라.

나아가 독서에는 '읽기 시작하는 행복'이라는 게 있다. 특히 한 권의 책이 시작되는 첫 열 쪽 정도는 책을 읽는 데 아주 중요하다. 이 책의 1장에서도 인용했지만, 스가모 학원의 창립자인 엔도 류키치라는 교육자에게는 《독서법》이라는 책이 있는데, 이 책은 문체에서나 내용에서나 아주 독특하다. 다이쇼大正 4년, 그러니까 1915년에 간행된 책이다. 그 책의 제1장 첫머리에는 바로 '첫 열 쪽'이라는 항목이 있다. 그런데 그것을 설명하는 부분이 아주 재미있다. 한 구절을 인용해 보자.

우선 모든 책은 대체로 첫 열 쪽 정도까지 정독할 필요가 있다. (중략) 첫부분을 독파한다면 저자의 어구나 단어의 사용 방법, 이야기의 틀 따위를 알게 되니까 점점 더 잘 이해할 수 있게 된다. 첫 열 쪽을 정독하면 다음 열 쪽은 빨리 이해할 수 있게 되고, 다시 그 다음 열 쪽은 더 빨리 이해할 수 있게 되는 셈이다. 그러므로 처음 읽을 때는 시간이 걸리는 듯하지만 결국은 시간이 걸리지 않는 것이다. 비유해서 말하자면 어떤 것에 붙어 있는 종이를 벗길 때, 한가운데서부터 벗겨서는 잘 벗겨지지 않는다. 끝부분부터 벗겨야 전체가 술술 벗겨지는 법이다. (중략)
　　그렇다면 독서법에서 가장 중요한 것은, 첫 열 쪽에 주의해야 한다는 것이다. 특히 첫 열 쪽은 정독해야 한다. 한 글자, 한 구절이라도 모르는 데가 있어서는 안 된다. 한 글자라도 모르는 데가 있으면 사전을 찾거나 다른 책을 참고해서 충분히 그 의미를 이해하라. 그렇게 하면 깊고 강하게 뇌리에 인상을 남기기 때문에, 다시 그 다음을 읽을 마음이 일어나게 된다.

앞의 한 구절을 둘러싸고 《현대 독서법》(1941)이라는 책에서 다나카 기쿠오田中菊雄(1893~1975)는 "아무것도 아닌 것 같지만 독서에 애쓴 사람이 아니면 좀처럼 할 수 없는 말"이라고 감탄하고, "예컨대 이것은 경기를 위한 연습에서 준비 운동을 하는 것과 비슷하다. 준비 운동을 해서 전신에 땀이 날 정도가 되면 그 다음은 이제 경기에 임할 수 있는 정신 상태에 들어가게 되는 것이다. 이와 마찬가지로 첫 열 쪽은 실로 독서의 준비 운동인 것이다"라고 적고 있다.

확실히 그렇다. 음악 역시, 자 이제부터 들어볼까 할 때 처음 얼마 동안은 특별히 집중하고 음악에 동화하려고 애쓴다. 그것은 청각의 준비 운동이다. 귀를 점차 길들이면서 음악 속으로 미끄러져 들어가는 것이다.

억지로 그렇게 하려고 애쓰는 것은 아니다. 오히려 그렇게 하는 것이 즐겁다. 재미있고 기쁜 것이다.

공부를 아주 좋아하는 엔도 류키치도 물론 착실한 학습법의 하나로 '첫 열 쪽'의 중요성을 역설하고 있다. 그런데 지극히 당연한 일이긴 하지만 중요한 것은 공부만이 아니다. 만약 가슴을 파고드는 책이 있다면 대체로 '첫 열 쪽'부터 이미 가슴에 스며든다. 마음을 들뜨게 하는 책이라는 것은 대체로 '첫 열 쪽'부터가 마음을 들뜨게 한다. 또는 적어도 가슴을 적셔오는 예감, 마음을 설레게 하는 예감을 느끼는 법이다.

'첫 열 쪽'의 중요성을 말해 주는 예로서 우치다 핫켄內田百閒 (1889~1971)의 철도 기행문《바보 열차阿房列車》에서, 열 쪽까지는 볼 수 없다 하더라도 첫 몇 구절만 인용해 보자. 고단샤講談社의 전집에 실린 것으로 거의 한 쪽 분량에 해당한다.

바보라고 하는 것은 다른 사람의 생각에 장단을 맞추어 그렇게 말할 뿐으로, 물론 그 자신이야 바보라고 생각하고 있지 않다. 용무가 없으면 아무 데도 가면 안 된다고 말하는 것은 아니다. 아무런 용무는 없지만 기차를 타고 오사카에 다녀오려고 한다.

용무가 없는데도 다녀오는 것이므로 삼등이나 이등 열차를 타고 싶지는 않다. 기차 중에서는 일등칸이 가장 좋다. 나는 쉰 살이 된 무렵부터, 앞으로는 일등칸이 아니면 절대 타지 않겠다고 마음먹었다. 그렇게 마음은 먹었지만 돈이 없어서, 용무가 생기면 별 도리가 없으니까 삼등칸에 타게 될지도 모르겠다. 그러나 이도 저도 아닌 애매한 이등칸에는 타고 싶지 않다. 이등칸에 타고 있는 사람들의 표정이 싫은 것이다.

전쟁중인 때부터 전쟁 후에 걸쳐 여러 번이나 지방으로부터 초청을 받았지만, 당시는 어떤 노선에도 일등칸을 달고 있지 않았기 때문에 다 거절했다. 스스럼없는 상대에게는 일등칸이 아니면 가지 않겠다고 분명히 말했지만, 갈 생각이었는데 그런 사정으로 거절한 것이 아니라 처음부터 가고 싶지 않았기 때문에 일등칸을 구실로 거절한 것이다. 하지만 전쟁이 끝나고 세상이 원래 상태로 돌아오자 여러 가지 것들이 부활했다. 주요 노선에는 일등칸을 연결하기 시작했기 때문에 이 다음에 무슨 말이 나오면 어떤 구실로 거절할지 고민한다.

이번에는 용무도 없고 일등칸이 있으니까 일등칸으로 다녀오려고 한다. 돈 문제를 걱정하는 사람들이 있을지 모르겠지만 그것은 나중에 이야기하겠다. 그러나 용무가 없다는, 그 좋은 지위는 편도밖에 누릴 수 없다. 왜냐하면 갈 때는 용무가 없지만 그쪽에 도착하면 도착한 그대로 계속 머무를 수는 없으며 그래서 반드시 돌아오지 않으면 안 되기 때문에 돌아오는 편도는 쓸데없는 여행은 아니다. 용무가 있는 그런 여행이라면 일등칸 같은 데 타지 않아도 되니까 삼등칸으로 돌아올 생각이다. 예전에는 삼등칸의 두 배 가격이 이등칸이고, 세 배가 일등칸이었기 때문에, 가령 삼등칸이 10엔이라면 이등칸은 20엔, 일등칸은 30엔이어서 이등칸으로 왕복하면 40엔이 들었다. 일등칸으로 가서 삼등칸으로 돌아와도 똑같이 40엔이 들었다. 지금은 그 배율이 좀 달라졌기 때문에 계산은 예전 그대로는 아니지만 대체로 비슷한 관계가 성립한다. 그러므로 일등칸으로 가서 삼등칸으로 돌아오기로 했다.

우치다 햣켄의 작품 중에서 처음으로 읽은 것이 이 《바보 열차》였다. 그리고 앞에서 인용한 구절을 포함한 '첫 열 쪽'을 읽는 동안 나는 앞으로 이 작가의 모든 작품을 탐독하게 될 것임을 예감했다.

특히 "아무런 용무는 없지만 기차를 타고 오사카에 다녀오려고 한다"라든가 "이도 저도 아닌 애매한 이등칸에는 타고 싶지 않다.

이등칸에 타고 있는 사람들의 표정이 싫은 것이다"라든가 하는 붓놀림의 재미. 또 "이등칸으로 왕복하면 40엔이 들었다. 일등칸으로 가서 삼등칸으로 돌아와도 똑같이 40엔이 들었다. 지금은 그 배율이 좀 달라졌기 때문에 계산은 예전 그대로는 아니지만 대체로 비슷한 관계가 성립한다. 그러므로 일등칸으로 가서 삼등칸으로 돌아오기로 했다"라는 등 문장을 진행시켜 나아가는 재미가 나를 자극했다. 지금까지 읽은 적이 없는, 단연 독특한 문체를 가진 작가가 여기 있구나 하는 생각을 했다.

예감은 적중했다. 고단샤 판《우치다 핫켄 전집》전 10권은 다 합해서 5천 쪽 정도 되는데, 나한테는 우선 그 '첫 열 쪽'이 효과를 발휘했다.

만일 내가 속독파였다면 어떻게 되었을까? 속독파에게는 '첫 열 쪽'이 중요한지 어떤지 하는 발상이 없다. 처음이든 끝이든 같은 수준으로 빠르게 읽는다. 사실 첫 열 쪽 따위는 오히려 더 빨리 읽지(건너뛰며 읽지) 않을까? 앞으로 쉴새없이 줄줄 읽고 내용을 충분히 이해하려고 한다면, 특히 첫부분이야말로 정신을 집중하지 않으면 안 된다.

어쨌든 다치바나 식 독서술을 쓰면 앞에서 든 인용문 같은 것은 거의 1초에 읽어버리게 된다. 그렇게 읽는다면 우치다 햣켄의 매력에 감동받는 일은 없으며, 앞으로 그의 전집을 읽고 싶다는 마음이 들 리도 없다.

물론 다치바나 식 독서는 앞에서 든 것과 같은 문학 에세이까지 속독하라고 하지는 않는다. 다치바나의 주장은 명쾌하여, 어지간히 한가한 사람이 아닌 한 '시간 죽이기 용(시간만 잡아먹는) 책'은 읽어서는 안 된다고 말한다. 그러나 나 같은 사람한테는 다치바나가 말하는 '시간 죽이기 용 책'이야말로 소중한 책이다.

내가 읽고 싶은 책이면서 또 시간 죽이기 용이 아닌 (속독할 수 있는) 책은 아무리 생각해도 단 한 권도 떠오르지 않는다. 아무래도 내가 읽고 싶은 책은 모두 '시간만 잡아먹는 책'이다.

이야기가 옆길로 샜지만, 독서를 둘러싸고서는 책을 읽고 있는 동안은 물론이거니와 책을 집어들기 전, 읽기 시작했을 때, 그리고 다 읽었을 때 등 그 각각에 즐거움이 있으며 행복이 있다.

책을 다 읽고 났을 때 느끼는 행복과 천천히 읽는 기호嗜好에 대해 쓴 작가 앙드레 지드André Gide(1869~1951)의 말을, 그의 일기에서 인용해 보자.

지금 막 《전쟁과 평화》를 다 읽었다. 여행을 떠난 날에 읽기 시작해서
여행 마지막 날에 다 읽은 것이다. 내가 이렇게 책 안에서 많은 생활을
한 예는 일찍이 없었던 것 같다. 사실 나는 여행을 하고 있었던 것이 아
니었다. 언제였던가, 그 유명한 동굴(한의 동굴) 안에 들어갔으면서도
구경조차 할 수 없었다. 내 생각은 마차 안에서 나를 기다리고 있는 쇼
펜하우어Arthur Schopenhauer(1788~1860)에게로 달려갔다. 그리
고 경치를 보기 위해, 그리하여 독서가 중단된 것에 나는 짜증을 내고
있었다.(1891년 여름)

나는 다른 사람들이 이렇게 읽었으면 좋겠다고 생각하면서 읽는다. 다
시 말해 굉장히 천천히 읽는다. 나에게 한 권의 책을 읽는다는 것은 그
저자와 함께 15일 동안 집을 비우는 일이다.(1902년 2월)

책을 빨리 읽어버리는 것은 나에게 책이 가져다주는 모든 행복을
포기하는 일로 보인다. 단 한 가지, 속독을 실천하는 사람들만 맛볼

수 있는 행복이 있을 거라고 추측할 수는 있다. 그것은 양과 속도가 가져다주는 즐거움이다. 이번 달은 서른 권을 읽었다, 쉰 권을 읽었다, 백 권을 읽었다 하고 수첩에 적어넣는 즐거움 말이다.

생활의 시간

빨리 읽으려고 하면

뭐가 뭔지 종잡을 수 없어 옴짝달싹 못하는, 아무래도 천천히 읽을 수밖에 없는 글이 있게 마련이다. 나에게는 요시다 겐이치吉田健一 (1912~1977)의 글이 그런 경향이 가장 두드러진 것 가운데 하나가 아닌가 싶다.

요시다 겐이치의 글을 읽는 데 뭔가 특별한 지식이나 교양, 감수성 등이 요구되는 것은 아니다. 글 안에 느긋이 숨쉬고 있는 것이 있어서, 필요한 것은 거기에 자신의 호흡을 맞춰 조절하는 일이다. 그것은 적어도 나에게는 비유가 아니다. 요시다 겐이치의 책을 펼칠 때는 실제로 호흡을 의식적으로 조절한다. 그렇게 하지 않으면 읽을 수가 없다.

귀찮다. 그러나 그 대신 호흡이 잘 맞으면 글을 읽는 기쁨이 솟아난다.

장편 에세이 《시간》에서 글의 첫머리 부분, 거기서 몇 쪽 뒤, 그리고 다시 거기서부터 몇 쪽 뒤에 씌어진 부분을 차례로 인용해 보자.

맑게 갠 겨울 아침, 일어나 나뭇가지의 고엽枯葉이 물처럼 흐르는 아침 햇살에 씻기는 것을 보고 있는 동안, 시간이 지나간다. 얼마나 시간이 지났을까가 아니라 그저 확실히 지나가기 때문에 긴 시간도 짧은 시간도 아니다. 그것이 시간이다.

《선의 연구》에서 니시다 기타로西田幾多郎는 현재라는 것을 설명하면서, 피아노에 숙련된 사람이 피아노를 치고 있을 때와 마찬가지로 숙련된 등산가가 산에 오르고 있을 때를 예로 들고 있다. 어느 것이나 시간, 호흡, 박자를 무시하고서는 불가능한 일이다. 이것은 시간이 인간의 의식상에서도 그 인간과 일체가 되는 전형적인 예이다.

…… 요즈음 우리는 책을 읽는 데에도 시간의 단축을 생각하며 해설을 바란다. 그것이 시계의 시간으로 빨리 읽고 싶어서이기 때문이라고 해도, 날이 밝아 아침이 되고 해가 저물어 밤이 오는 시간이 책을 읽는 데에도 없어서는 안 된다는 사실을 전혀 염두에 두지 않는다는 것은, 시계의 시간을 아까워하는 것만 봐도 알 수 있다. 우리가 책을 읽는 것도 그 말을 통해 시간과 함께 있고, 시간을 즐기기 위해서이다. 이것이 전부이기 때문에 책을 읽기 위해 필요한 물리적인 시간이 긴지 짧은지는 계산

의 대상이 되지 않는다. 어쨌든 책을 읽는 시간을 짧게 하고 싶어서 해설을 읽고 끝내버리는 것이 독서가 아니라는 사실만은 분명하다.

글을 읽는 기쁨이 솟아난다고 쓴 것은, 요시다 겐이치 역시 책을 천천히 읽는 사람일 거라는 사실을 알았기 때문은 아니다.

때때로 사람들이 말하는 것처럼 요시다 겐이치는 전혀 고답적인 작가가 아니다. 오히려 당연한 것, 일반적인 것만을 써온 사람이 아니었나 싶다. 다만 당연한 글쓰기 방식이 아니었을 뿐이다.

예컨대 시간에 대해 "맑게 갠 겨울 아침, 일어나 나뭇가지의 고엽이 물처럼 흐르는 아침 햇살에 씻기는 것을 보고 있는 동안, 시간이 지나간다"라고 쓴 문장에서는, 이를테면 시간이 머물러 있으며 은밀히 박동하고 있는 듯한 기분이 든다. 생각해 보면 그 글의 의미는 당연하지만, 그 당연한 것이 아침 햇살에 씻겨 투명하게 반짝반짝 빛나고 있다. 그렇게 생각되자 글을 읽는 기쁨이 스며든다.

두 번째 인용문에 나오는 피아노나 등산 이야기에서도, 세 번째 인용문에 나오는 독서 이야기에서도 역시 고엽이 아침 햇살에 씻기는 것을 보고 있는 시간과 동질의 시간이 숨을 쉬고 있는 것으로 읽힌다.

요시다 겐이치에게 독서라는 것은, 물론 소중한 일이긴 하지만 생활 속에서 반드시 최고의 일은 아니다. 그것도 알게 된다. 날이 밝아 아침이 되고 날이 저물어 밤이 찾아온다. 그렇게 돌고 도는 시간과 함께 독서가 있고 그것이 시간을 즐기기 위한 일이라고 해도, 생활 속에서 그러한 일은 꼭 독서로만 가능한 것은 아니다.

예컨대 먹는 것도 그렇다. 요시다 겐이치의 또 다른 에세이인 〈책本のこと〉의 끝부분에 다음과 같은 구절이 있다.

생각해 보면 우리에게 진실로 귀중한 것 가운데 지금에 와서 갑자기 그렇게 된 것은 하나도 없다. (중략) 공자가 죽간竹簡을 묶은 가죽끈을 닳아 끊어지게 한 이래, 인쇄술이 발명되고 제본 방법이 개량되었다고 해도 읽는다는 상황 자체에는 아무런 변함이 없다. 그 무렵에도 책 외에 접시나 밥공기라는 것이 있었다. 오늘날 역시 서가에는 책이 꽂혀 있고 식사 시간이 되면 접시나 밥공기가 식탁에 올려진다.

이 한 구절만 읽어도 요시다 겐이치의 진면목을 본 것 같다. 세상에 건강한 사상, 청명한 사상이라는 것이 있다면, 바로 여기에 있는 듯하다. 특히 "서가에는 책이 꽂혀 있고 식사 시간이 되면 접시나 밥공기가 식탁에 올려진다"라는 문장 같은 것은 시처럼 흥얼거리고 싶을 정도이다.

시간 죽이기란 무엇을 말하는지 다시 생각한다. 시간만 잡아먹는 책이나 독서법이라는 것이 있을까? 그렇기는커녕 날이 밝아 아침이 되고 날이 저물어 밤이 오는 그런 시간과 함께 있으며, 그 돌고 도는 시간을 '잡아먹는' 것이 생활의 지혜이다. 예사로운 생활의 예사로운 지혜이다. 게다가 그것은 독서에만 해당하는 이야기가 아니다. 식탁에 앉으면 식탁의 시간을 잡아먹는다. 아침 일찍 마당에 서면 마당의 시간을 잡아먹는다. 직장에서 일을 시작하면 일의 시간을 잡아먹는다.

독서를 한다고 해도 그것은 생활의 일부이다. 책읽기가 아무리 중요한 일이라 해도 생활 전체에서 보면 일부에 지나지 않는다.

그러나 아무래도 독서를 생활 속의 모든 일 가운데 가장 높은 자리에 놓지 않으면 내켜 하지 않는 사람들이 있는 것 같다. 속독파가 아닌 사람 중에도 그런 사람이 있다. 책벌레라 불리는 사람들이다.

책벌레란 가령 한 끼나 두 끼 식사는 빼먹어도 책은 마주하고 싶다는 사람들이다. 예를 들어 이미 이 책 1장과 2장에서도 다루었던 《독서법》의 저자 엔도 류키치는 책벌레의 전형이다. 엔도 류키치에게는 책 읽는 일이 자나깨나 늘 모든 것 위에서 휘황찬란하게 빛나고 있었다. 《독서법》에는 다음과 같은 구절이 있다.

식사하는 동안이라 하더라도 그 책을 생각하는 것이 좋다. 길 위에서도 책을 생각하는 것이 좋다. 뒷간에 가서도 책을 생각해야 한다. (중략) 독서에 임해서는, 곧 어떤 순간이라도 마음이 항상 거기에 있도록 해야 한다. 만약 그렇지 않고 책을 읽을 때만 정신이 거기에 가는 것이라면, 정신이 매우 원숙하다고는 말할 수 없다.

하여튼 엔도 류키치라는 사람은 소년 시절부터 공부를 너무나도 좋아했다. 옛날 어떤 사람이 다다미가 썩어 문드러질 정도로 자리를 떠나지 않고 계속해서 공부했다는 이야기를 듣고, 아무리 공부를 해도 다다미가 썩지 않자 자신은 공부가 부족한 게 아닌가 하고 진짜로 고민했다고 한다. 물론 술도 담배도 하지 않았다. 소학교 1학년

때, 《소학독본小學讀本》에 "술과 담배는 양생養生에 해가 된다"라고 씌어 있는 것을 보고, 평생 금주와 금연을 해온 별난 사람이다.

사실 이 책 2장에서도 인용한 《현대 독서법》의 저자 다나카 기쿠오는 엔도 류키치를 책벌레의 모범으로 우러러본 사람이다. 특히 앞의 인용문에 공감, "전철 안에서든 걸으면서든 식사중이든 뒷간에서든 다 읽을 때까지는 멈추지 않겠다는 각오가 없으면 안 된다. 파이팅이다. 분발이다"라고 쓰고 있다.

그러나 바로 지금 읽고 있는 책을 정말 식사하는 동안에도 계속 생각해야 하는 것일까? 사실 독서와 생활 전반의 관계를 생각할 때 그것은 극히 중요한 점이라고 생각한다. 나 같은 사람에게는 밥은 밥, 뒷간은 뒷간, 책은 책, 이렇게 분간하는 편이 납득이 간다.

저 고다 로한幸田露伴에게 아주 반가운 글이 있다. 엔도 류키치에게는 몹시 실례되는 일인 것 같기는 하지만 인용해 본다. 고다 로한의 《노력론》에 나오는 한 구절이다.

식사를 하면서 책을 읽고 신문을 보는 것은 누구나 하는 일이지만, 사실 바람직한 모습은 아니다. 그렇기 때문에 제대로 된 책을 읽을 수도 없고, 또 평생 감자가 익었는지 어땠는지도 모를 만큼 세상 물정에 어두운 채로 끝나버린다. 식사 시간에는 차분한 마음으로 식사를 하고, 밥이 된 지 무른지, 국이 짠지 싱거운지 알맞게 된 건지, 무슨 생선을 조렸는지, 신선한지 묵은 건지 상해 가는지, 그런 일들이 모두 명약관화하게 마음에 비치듯 온 마음으로 식사하는 것이 좋다. 그러므로 아케치 미쓰히데明智光秀(1528~1582)가 잎으로 싼 찹쌀떡을 잎도 벗기지 않고 먹어버린 일 같은 것은, 바로 미쓰히데가 오랫동안 천하를 거느릴 수 없음을 말해 준다고 평한들 어쩔 수 없는 노릇이다.

인용문 가운데서 "잎으로 싼 찹쌀떡을 잎도 벗기지 않고 먹"었다는 것은 오다 노부나가織田信長(1534~1582)에 대한 모반으로 머리에 피가 거꾸로 솟은 아케치 미쓰히데가, 자기한테 내놓은 잎으로 싼 찹쌀떡을 잎이 붙어 있는 채로 먹은 일을 가리킨다.

그것이야 어찌 되었든 나는 고다 로한의 이 한 구절을 아주 좋아한다. 특히 "밥이 된지 무른지, 국이 짠지 싱거운지 알맞게 된 건지, 무슨 생선을 조렸는지, 신선한지 묵은 건지 상해 가는지" 하는 부분을 좋아한다. 알맞게 된 건지…… 하는 구절 등은 어딘지 모르게 우스꽝스럽게 보이기도 한다.

이런 이야기를 쓰는 작가는 자신의 일상을 깔끔하게 처리하면서 살았을 뿐만 아니라 먹는 것 자체도 좋아했을 거라고 생각한다. 요시다 겐이치에게는 《나의 음식물지私の食物誌》《미식 탐방舌鼓ところどころ》 등의 미식 에세이까지 있다. 요시다 겐이치가 미식가인지 어떤지는 모르겠지만 적어도 먹는 것을 아주 좋아하는 사람임에는 틀림없다.

그리고 어쨌든 나는 먹는 것을 좋아하는 사람을 좋아한다. 가와카미 히로미川上弘美(1958~)의 장편 소설 《선생님의 가방センセイの鞄》에서도 특히 다음과 같은 부분이 마음에 든다. 화자인 중년 여인이 노령의 선생님과 처음 데이트를 할 때의 일이다. 도시락 가게에서 김치볶음 도시락을 산 두 사람은 먹을 장소를 찾아 걷는다.

"이쪽, 이쪽"이라고 말하면서 선생님은 큰길에서 좀 들어가 있는 작은 공원으로 들어섰다. 인기척이 없는 공원이다. 큰길에는 사람들이 넘쳐나는데도 한 발짝 안으로 들어서자 소리 하나 없이 아주 조용하다. 공원 입구에 있는 자동판매기에서 선생님은 현미차 캔 두 개를 샀다.

벤치에 나란히 앉아 도시락 뚜껑을 열었다. 열자마자 김치 냄새가 났다.

"선생님 것은 스페셜이네요."

"스페셜이고 말고요."

"어떻게 다르죠, 보통 것하고?"

두 사람은 머리를 나란히 하고 두 개의 도시락을 차분히 바라보았다.

"별반 다르지 않은데요."

선생님은 유쾌하다는 듯 말했다.

현미차를 천천히 마셨다. 바람은 있었어도 한여름이라서 그런지 수분이 그립다.

찬 현미차가 목을 축이면서 내려간다.

"쓰키코 씨, 참 맛있게 먹네요."

김치볶음 국물에 밥을 비벼 먹고 있는 나를 보면서, 선생님은 부러운 듯 그렇게 말했다. 선생님은 벌써 다 먹었다.

"볼썽사납게 해서 죄송해요."

"확실히 보기엔 좀 그렇지만 그래도 맛있어 보이네요."

빈 도시락 뚜껑을 닫고는 다시 노랑 고무줄을 끼우면서 선생님은 되풀이해서 말했다. 공원에는 느티나무와 벚나무가 번갈아가며 심어져 있었다. 오래된 공원인지 느티나무도 벚나무도 높이 자라 있었다.

대체 연애 소설 안에 '김치볶음 도시락'을 들고 나오다니 상당히 당돌하다. 게다가 남은 김치볶음 국물에 밥을 비벼 먹는 것이 또 의표를 찌른다.[1] 그러나 생활 속으로 옮겨 생각해 보면 그렇게 드문 일도 아니고 이상한 일도 아니다. 전혀 의외인 것도 아무것도 아니다. 김치볶음 도시락이란 돼지고기와 김치를 볶아서 반찬으로 한 도시락이겠지만, 실로 예사 음식일 터이다.

공원 벤치에 나란히 앉아 도시락을 먹고 차를 마시며, 다 먹고 나서는 빈 도시락 뚜껑을 닫고 노랑 고무줄을 탁 하니 끼운다. 이것 역시 얼마나 예사로운 행위인가. 겨울 아침, 빨리 일어나 나뭇가지의 고엽에 아침 햇살이 물처럼 흐르는 것을 보는 동안 시간이 지나가고 있다. 길다고 하는 것도 아니고 짧다고 하는 것도 아니다. 그저 확실

---

1 일본에서는 국물에 밥을 말아먹거나 비벼 먹는 것을 상스럽게 생각한다. 그래서 카레라이스 같은 것도 비벼 먹지 않는다. 남이 보는 데서는 실례가 되는 일이라서 삼가지만 역시 가정에서는 간혹 말아먹거나 비벼 먹기도 한다.—옮긴이.

히 시간이 흐르고 있다. 공원 벤치에서 김치볶음 도시락을 먹을 때도, 그와 마찬가지로 길지도 않고 짧지도 않게 다만 확실하게 시간이 흐르고 있다. 그리고 작자는 그렇게 시간이 흐르는 모습을 스스로 즐기고 있다. 나는 그렇게 생각한다.

가와카미 히로미는 소설이나 에세이뿐만 아니라 서평 같은 것도 많이 쓰고 있는데, 앞의 것과 같은 보통의 행위, 보통의 시간에 대한 감각이 서평문에도 예리하게 나타나는 경우가 있다. 예컨대 《현대 한국단편선》의 서평에서는 자신에게 '불의의 공격을 가한' 것은 38선의 분단이나 한국전쟁에 따른 상처와 같은 역사적 배경에서 스며 나오는 부분이 아니었다고 하면서 다음과 같이 썼다.

내가 가장 충격을 받은 것은 〈아내의 상자〉라는 작품에서 여자가 냉장고에서 갈치를 꺼내 굽는 묘사였다. "생선 굽는 그릴에 물을 넣고 가스에 불을 붙였다. (중략) 좀 있다가 갈치를 뒤집었다." 이 문장만으로 나는 조용히 책을 덮고 잠시 동안 멍한 상태였다.

왜.

왜냐하면 나와 너무 똑같았으니까.

똑같다는 사실에 놀라는 자신 안에 '나 외의 사람들(물론 같은 일본인이라도)은 나와는 전혀 다른 사람'들이라는, 까닭 없는 배타 의식이 있었다는 사실이 멍한 나에게 쑥 내밀어졌던 것이다. 생선을 굽기 위해 그릴에 물을 넣고, 좀 있다가 뒤집는다는 것의 예사로움이 나를 찔렀다.(《아사히 신문》, 2002년 6월 30일자)

공원 벤치에서 김치볶음 도시락을 먹는 장면을 소설에 쓴 것과, 그릴에 물을 넣고 생선을 굽는 묘사가 있는 소설에 의해 불의의 공격을 당했다는 것은, 가와카미 히로미 안에서는 아마 하나의 감각일 것이다. 날이 밝아 아침이 되고, 날이 저물어 밤이 온다. 그 돌고 도는 시간이 생활의 세부 안에서 박동하고 있다는 것을 절실하게 또는 즐겁게 포착할 수밖에 없는 감각이다.

다케다 유리코武田百合子라는 작가가 있다. 작가 다케다 다이쥰武田泰淳(1912~1976)²의 아내이자 사진가인 다케다 하나武田花의 어

---

2 소설가. 전후 문학을 대표하는 작가이다. 승려의 집안에서 태어나 좌익 운동을 경험했으며, 전쟁 때 중국 상하이에 간 것이 그의 사상과 문학에 커다란 영향을 끼쳤다. 스케일이 크고 기묘한 맛이 있는 작가이다. 평전으로 《쓰마첸司馬遷》이 있으며, 소설로는 《풍매화風媒花》《귀족의 계단》《숲과 호수의 축제》 등이 있다.—옮긴이.

머니이다. 대표적인 작품은 후지 산 기슭에 있는 산장에서의 생활을
쓴 《후지 일기富士日記》이다. 아침, 점심, 저녁의 식단을 비롯하여
찾아온 사람들의 일, 받은 편지, 산 것, 놀러 간 일, 변해 가는 날씨
이야기, 근처 사람들에게 들은 소문들, 개 키우는 이야기, 라디오 뉴
스 등 날마다 일어나는 사건의 세부를 더없이 청명한 어조로 써나
가, 세상 사람의 생활이라는 것이 이렇게나 긍정적인 빛으로 행복하
게 비춰지는 일이 있었던가 하는 생각을 하게 한다.

특히 식사 내용은 빼놓지 않고 기록하고 있다. 키우던 개 포코가
죽어 뜰에 묻은 날은 우유 말고는 아무것도 먹은 것 없이 눈물로 지
새웠다는 얘기밖에는 쓰지 않았다. 하지만 이틀이 지나 눈물마저 말
라버리자 죽었을 때와 묻었을 때의 상황을 쓸 수 있게 되었고, 아침
점심 저녁의 음식에 대해서도 쓰게 된다. 그날, 쇼와 42년(1967) 7
월 20일의 일기에서 일부를 인용해 보자.《후지 일기》 전편을 통해
가장 감동적인 부분 가운데 하나이다.

아침. 게, 계란, 완두콩 볶음밥, 수프. 남편이 만들어주었다, 내 몫까지.
세차를 한다. 트렁크도 열어서 안을 닦았다. 실로 마음이 아프다.

여느 때보다 더웠다. 한 시간마다 트렁크에서 꺼내주어 쉬게 하는 시간까지 기다릴 수 없었던 모양이다. 포코는 머리로 바구니 덮개를 밀어내고 머리를 내밀었다. 차가 흔들릴 때마다 억지로 밀어서 열린 덮개는 용수철처럼 포코의 머리를 단단히 졸랐다. 머리를 빼낼 수가 없었던 거야. 작은 개니까 금세 죽은 거다. (중략) 트렁크를 열어 개를 보았을 때, 내 머리 위의 하늘이 새파랬다. 난 앞으로도 잊지 못하겠지. 개가 죽어 있는 것을 발견했을 때 그 새파랗던 하늘을.

묻을 구덩이는 남편이 파주었다. 아이 아빠가 그렇게나 빨리, 그렇게나 깊이 구덩이를 팠다. 구덩이 옆에 털썩 주저앉아 토할 정도로 큰 소리로 울었다. 울 수 있을 만큼 오랫동안 실컷 울었다. 그러고 나서 타월로 감싸고 개가 늘 덮고 잤던 모포로 싸서 구덩이 밑에 넣으려고 했더니, "멈춰. 그렇게 하면 좀체 썩지 않을 거야. 그냥 넣어줘"라고 남편이 말했다. 그래서 포코를 그냥 구덩이 속에 넣어주었다. 탐스러운 머리 주변의 털이나 유리구슬 같은 눈 위에 흙을 뿌리고, 점점 흙을 넣어 덮고는 단단히 밟아주었다. (중략)

점심. 오지야,[3] 콘비프, 배추김치, 토마토와 양파 샐러드.

해가 환하게 비쳐와 새가 울기 시작한다. 여기저기 문을 활짝 열어놓

왔다. 개가 없어진 뜰은 조용하여 한없이 적막하다. (중략)

저녁. 밥(하이라이스), 풋콩 삶은 것. 토마토, 홍차.

이야기가 다시 요시다 겐이치로 돌아가지만, 예전에 장편 에세이 《시간》을 처음 접하고는 "날이 밝아 아침이 되고 해가 저물어 밤이 오는 시간"을 읽었을 때 문득 생각난 것이, 실은 다케다 유리코의 《후지 일기》에 나오는, 바로 앞에서 인용한 부분이었다. 요시다 겐이치는 너무나도 침착하고 여유 있는 자세로 쓰고 있는 듯이 보인다. 하지만 밤에서 동틀 녘으로, 아침에서 저물녘으로, 돌고 도는 시간 안에서는 물론 누구에게나 여러 가지 일들이 일어난다.

키우던 개가 죽어 너무나 가슴이 아플 때도 날이 새고, 아침이 되면 잔인하게도 아침 식탁이라는 것이 있다. 인용한 7월 20일의 전날, 즉 19일 일기에는 "포코가 남긴 것, 바구니와 상자와 빗을 난로에 태운다. 토방에 떨어져 있는 포코의 털을 주워 그것도 태운다. 무

---

3 채소, 어패류, 된장 등을 넣고 끓인 죽―옮긴이.

얼 하든지 눈물이 난다" "포코, 흙 속에서 빨리 썩어주렴" 등의 말이 적혀 있다.

그런 글을 쓴 밤이 밝아 아침이 되고, 사람들은 아침 식탁에 앉는다. 마찬가지로 흐르는 시간 속에서 점심 식탁에 앉고 저녁 식탁에 앉는다.

이야기는 다시 좀 옆으로 빠진다.

요시다 겐이치의 《교유록交遊錄》에 실린 〈마키노 노부아키牧野伸顯〉 장에, 정치가인 요시다 겐이치의 외할아버지에 대해 "그저 영국에서의 생활을 즐기고 있다. 그런데 말년이 되어 영국에서의 아침 식사에 토스트와 버터, 마멀레이드가 없다면 하고 자주 말했다. 그런데 지금도 구운 영국 빵은 버터를 바르고 옥스퍼드 근처에서 만든 마멀레이드를 바르는 것이 영국에서 아침 식사를 하는 사람의 기쁨 가운데 하나이다"라고 쓰고 있다.

이 한 구절 같은 것을, 얼마나 우아한 생활 모습인가 하는 식으로 읽어버린다면, 잘못 읽은 것이다. 아침 식탁에 토스트와 버터와 마멀레이드가 죽 늘어놓아진 것은, 무슨 일이 일어났는지 알지 못하는 그 전날 밤이 새고 나서의 일이다.

마키노 노부아키가 다케다 유리코처럼 개를 키우고 있었는지 어떤지는 모른다. 그러나 2·26 사건[4] 때 습격당한 사람이기도 했으며 친영미파 자유주의자, 즉 간신으로 흔히 테러의 표적이 되었던 사람이었다. 밤에는 신변에 작은 파도나 커다란 파도가 소용돌이쳐 온다. 그 파도를 가슴에 묻어두고 나서 맞이하는 아침 식탁이었던 것이다.

다케다 유리코가 먹는 '게, 계란, 완두콩 볶음밥'과 요시다 겐이치가 쓴 글에서 마키노 노부아키가 먹는 '토스트와 버터, 마멀레이드'는 모두 밤이 순환하여 아침이 되고, 그리하여 비로소 맞이하는 식사라는 점에서는 같다.

거기서 중요한 것은 순환하는 물결을 삼키고 나서의 식탁을, 다케다 유리코 역시 즐겼다는 것이다. 특히 다케다 유리코는 먹는 것을 즐기는 천재였다. 에세이 《말의 식탁ことばの食卓》에 수록된 글 〈비파枇杷〉에서 절반 정도만 인용해 보자.

---

4 일본 파시즘이 대두한 시기인 1936년, 근위사단 산하의 일부 청년 장교들이 봉기하여 수상 관저와 육군성 일대를 점거하고 수상, 내대신, 육군교육총감 등을 암살한 사건이다. 이 사건 후 현역 장교 15명과 니시다 미쓰구, 기타 잇키 등이 사형되었다.—옮긴이.

비파 열매[5]를 먹고 있었더니 남편이 다가와 맞은편에 앉아서는 희한하게도 자기한테도 달라는 것이었습니다. 남편은 고기 같은 걸 좋아하고 과일 같은 건 내켜 하지 않는 사람입니다.

"내 건 얇게 잘라 줄래?"

생선회처럼 자르는 것을 기다리지 못하고 답답한 듯 남편은 한 쪽을 집어 입 속에 툭 털어넣었습니다.

"아아. 맛있다."

비파의 과즙이 손가락을 타고 손목으로 줄줄 흐릅니다.

"비파라는 게 이렇게 맛있는 거였구나. 몰랐네."

한 쪽씩 집어서 입 속으로 넣는데도, 머리를 쳐든 뱀 모양으로 약간 떠는 손가락을 네 개씩이나 사용합니다. 그리고 입술을 꽉 다문 채, 입 속에서 비파를 우물우물 돌리면서 오래 걸려 잇몸으로 다 씹고 나서 삼킵니다. 잇몸으로 씹는다는 것은 이가 있는 사람보다 얼굴의 근육을 상하로 더 많이 움직여야 하기 때문에 아주 힘든 일입니다. 입가에는 과즙

---

5 비파나무에 열리는 열매이다. 비파나무는 상록교목으로 높이는 5~10미터 정도이다. 늦가을에 흰 꽃이 피고 이듬해 첫여름에 지름 3~4센티미터의 열매가 노랗게 익는다. 열매는 그냥 먹기도 하고 술을 담그기도 한다.—옮긴이.

이 묻어나 있습니다. 눈가에는 눈물 같은 땀까지 맺혀 있습니다.

그렇게 해서 비파 두 개를 다 먹고 나자, 잔뜩 혀를 차고는 붉은 기가 더한 이 없는 입을 벌리고 소리내지 않고 웃습니다.

"바로 지금 이런 맛이 나는 걸 먹고 싶었던 거야. 그게 뭔지 몰라서 허둥지둥 갈피를 못 잡고 마음이 가라앉지 않았거든. 그게 비파였구나."

철야를 한 다음, 조금 전까지 쓰고 있던 원고를 막 끝낸 것입니다. 긴 의자에 모로 누워 비파가 들어 있을 명치에 손을 올려놓고 부드러운 표정으로 금세 잠들어 버렸습니다.

다케다 유리코가 먹는 것에 대해 쓴 글 가운데서 이것이 가장 빛나는 문장이라고 생각한다. 비파의 과즙이 손목까지 줄줄 흘러내려도, 입 속에서 우물우물 다 씹어도, 입가에 과즙이 묻어나 있어도, 그것이 추접스러워 보이지 않고 오히려 과일의 흘러넘칠 만한 싱싱함을 느끼게 한다.

또 그때 흘러넘치는 것은 시간의 싱싱함이기도 하다. 비파 열매를 잇몸으로 오래 걸려 다 씹는다. 그동안에는 거의 망망하다고 해도 좋을 시간이 흐르고 있다는 기분이 든다. 식탁에는 이러한 시간이 가득 차는 경우도 있다. 특별한 식탁을 말하는 것이 아니다. 예사로운 생활의, 예사로운 식탁에서야말로 그러한 시간이 흘러넘친다.

또는 식탁 주변에는 그러한 시간이 항상 흐르고 있는데도, 우리가 알려 하지 않을 뿐인지도 모른다. 밥이 된지 무른지, 국이 짠지 싱거운지 알맞게 된 건지, "그런 일들이 모두 명약관화하게 마음에 비치듯 온 마음으로 식사를 하는" 것 등을 완전히 다 망각하고 있는지도 모른다.

이미 인용한 요시다 겐이치의 에세이 〈책〉에는 다음과 같은 구절도 있다.

책은 그 내용으로 말하는 것이라는 게 요즘의 생각인지 모르겠다. 하지만 예를 들어 만약 먹는다는 것이 우리 생활의 일부를 이루는 데는 그저 영양 섭취만 하는 일이어서는 안 된다면, 우리가 책을 읽는다는 것도 책을 손에 집어드는 일이고 펼치는 일이며 종이 재질이나 활자의 모양이 눈에 들어오는 일이어서, 그런 것도 책의 내용이 될 것이다.

분명히 먹는 것과 읽는 것은 서로 많이 닮았다. 밥공기나 젓가락

이라는 도구를 손에 들거나 음식물을 보거나 냄새를 맡거나 하는 것
도 먹는 것에 포함되듯이, 물질로서의 책을 만지고 펼치고 눈으로
두께를 재거나 하는 일도 읽는 것에 포함된다. 그런 것들이 모두 그
절차를 진행하고 있는 시간과 함께 존재한다는 것이다. 또는 오히려
그러한 시간과 함께 있기 때문에 비로소 책을 읽을 수 있고 식탁에
도 앉을 수 있다.

더군다나 생활에는 독서나 식사만이 있는 게 아니다. 겨울 아침,
고엽을 물처럼 씻고 있는 아침 햇살을 보고 있는 것도 생활의 일부
이다. 죽어버린 개를 묻어주는 일도 생활의 일부이다.

대식과 다독

먹는 이야기가 계속된다.

이번에는 대식大食 이야기이다. 웬일인지 독일의 사상가 발터 벤야민Walter Benjamin은 갑자기 무화과를 산더미처럼 게걸스럽게 먹은 이야기를 쓰고 있다.

사람에게는 아마 때로는 뭔가 일상적인 것에서 일탈된, 바보 같은, 터무니없는 행위로 향하는 에너지가 마음속에서 분출하는 일이 있는 것 같다. 벤야민이 바로 그런 원초적이고 격렬한 욕망에 관해 썼는데, 이것 역시 훌륭하구나 하고 감탄할 만한 글이다.

독서에 대해 오직 물리적인 대량 소화만을 선동하는 사람들의 강박적인 글을 나는 아주 싫어한다. 그러나 무언가를 '게걸스럽게 먹어치우는' 것에 대해 이렇게 내성적으로 또 생생하고 재미있게 쓴 글은 아주 좋아한다.

벤야민의 에세이 〈음식물〉에 나오는 '신선한 무화과'라는 항목에서 우선 그 첫부분을 인용해 보자.

식사하는 일로 흥에 겨워 도를 지나친 적이 없는 사람은 결코 식사를 경험한 것이 아니며, 지금까지 식사를 해왔다고 말할 수도 없다. 기껏해야

절도를 지키는 일로 식사의 즐거움 정도는 알겠지만, 식사에 대한 탐욕, 식욕의 평탄한 길에서 일탈하여 게걸스럽게 먹어치운다는 원시의 숲에 이르는 과정을 아는 법은 없다. (중략) 즐기면서 먹는 것보다 게걸스럽게 먹어치우는 것이 먹어치운 음식물의 내부 세계 속으로 깊숙이 들어가는 일임은 분명하다. 빵을 갉아먹듯이 모타델라(이탈리아산 소시지—일본판 옮긴이 주)를 갉아먹고, 쿠션 안을 마구 뒤적거리듯 멜론을 휘저어 먹으며, 포장지를 버스럭버스럭 소리나게 하면서 캐비아를 집어먹고, 한 덩이 에담edam 치즈[1] 때문에 이 세상의 다른 모든 음식물을 말끔히 잊어버리는 것이 여기에 해당한다.

벤야민은 그 "게걸스럽게 먹어치우는 것이 먹어치운 음식물의 내부 세계 속으로 깊숙이 들어"갈 만큼의 생각을 어느 여름날 이탈리아의 시골에서 처음으로 맛보았다고 한다. 어떤 일을 맡게 된 벤야민은 타는 듯한 햇빛 아래서 마을 안을 멍한 듯 걷고 있었다. 문을

---

1 속은 연한 노란색이고 겉은 파라핀으로 붉게 코팅한 네덜란드산 치즈이다. 지방을 40퍼센트 정도 제거한 우유로 만들며, 보통 흑맥주와 같이 먹는다.—옮긴이.

열어놓은 헛간 안에서 여자들이 앉아 옥수수 가리는 작업을 하고 있었다. 그때 문득 무화과를 실은 손수레가 벤야민의 눈에 들어왔다.

손수레 쪽으로 걸어간 것은 그저 울적한 마음을 달래기 위해서였다. 무화과 반 파운드(227그램)를 달라고 하자 여자는 인심 좋게 달아주었다. 거무스름한 것이나 푸른 것, 황록색이나 보라색 또는 갈색 무화과가 저울판에 올려졌을 때 그 여자는 벤야민이 포장지를 가지고 있지 않다는 걸 알았다. 이 마을의 주부들은 무화과를 사러 올 때 담을 봉지를 가지고 오곤 했었다. 그래서 손수레를 끌고 있던 그 주부는 이렇게 멍하게 걸어오는 한가한 사람을 위해 쌀 것이 준비된 상태가 아니었다.

그러나 벤야민으로서는 무화과를 두고 그냥 가버리는 것도 창피한 일이었다. 그래서 벤야민은 바지와 저고리 주머니, 앞으로 내민 양손 위 그리고 입 속에까지(!) 무화과를 집어넣고 걷기 시작했다.

그 다음 부분을 인용해 보자.

그리하여 나는 먹는 것을 그만둘 수 없게 되었고, 문득 나를 엄습한 이 탱탱한 과일을 가능한 빨리 처리하여 어떻게든 신체의 자유를 되돌려

보는 수밖에 다른 도리가 없었다. 그러나 그 모습은 먹는 것이 아니라 뒤집어쓴다는 편이 더 어울렸다. 내가 지니고 있는 물건에서는 끈적끈적한 향기가 피어올라 양손에 엉겨붙었으며, 이 짐을 받들고 가는 내 주위의 공기 속으로도 자욱이 스며들었다. 드디어 원하던 고갯마루에 당도했다······ 마지막 굽이를 지나가자 그 고개에서 생각지도 못한 미식美食의 풍경에 대한 전망이 열렸다. (중략) 내 안에서 무화과에 대한 증오가 고개를 쳐들었다. 자유롭게 되기 위해, 부풀어 터진 것으로부터 벗어나기 위해, 나는 서둘러 처리해 버리지 않으면 안 되었다. 흔적도 남기지 않기 위해 먹어치웠다. 저작詛嚼(음식물을 입에 넣고 씹는 것―옮긴이)은 태고의 의지를 되찾았다.

《곤충기Souvenirs entomologiques》로 잘 알려진 파브르Jean Henri Fabre(1823~1915)가, 투구벌레(장수풍뎅이)의 일종이었는지 아주 드물게 보는 곤충의 무리와 맞닥뜨렸는데 아무런 준비도 안 한 상태였기 때문에 곤충들을 여기저기 호주머니에 집어넣다가 결국 자기 입 안에까지 집어넣었다는 에피소드가 기억난다. 무화과는 어차피 먹는 것이니까 곤충보다는 낫겠지만 딱히 넣을 곳이 없어 입

안에 넣었다는 것이 재미있다.

그리하여 정신없이 탐한다. 끈적끈적한 향기가 입에서 흘러넘치고 몸에 들러붙으며 주변에도 피어오른다. '원하던 고갯마루' 라는 것은 어떤 세계와 다른 세계 사이의 경계일 것이다. 거기서부터 다음은 이미 '생각지도 못한 미식의 풍경' 이 펼쳐져 있다. 무화과를 계속 탐하면서 그 미지의 풍경으로 발을 들여놓으려고 한다는 거니까, 애당초 터무니없는 이야기이긴 하다.

그 터무니없음을 별도로 한다면 벤야민이 말하는 '태고의 의지' 를 되찾은 저작咀嚼에서, 나 같은 사람은 다케다 유리코가 쓴 다케다 다이쥰의 비파 먹는 모습을 떠올리게 된다.

물론 다케다 다이쥰은 볼이 미어지게 입에 넣은 것은 아니다. 생선회처럼 얇게 자른 비파 열매를 떨리는 네 손가락으로 한 쪽씩 입 속으로 집어넣는다. 이가 없기 때문에 잇몸으로 천천히 오래 걸려다 씹고는 삼킨다. 입가에는 과즙이 배어 있다. 턱 운동을 반복한 탓일 것이다. 눈가에는 눈물 같은 땀이 고인다.

다케다 다이쥰의 느긋한 저작에는 사람이 하는 일의 심오한 빛을 느끼게 하는 구석이 있다. 바로 '태고의 의지' 를 기리는 저작이다.

그러나 앞에서 인용한 벤야민의 글에는 아무리 봐도 허풍 같은 구석이 있으며, 그 엉망진창의 정도는 치기로 가득 차 있다. 어쨌든 다 큰 어른이 마을 여인이 건네준 무화과 더미로 큰 소동을 벌이고 있는 것이다. "그리하여 나는 먹는 것을 그만둘 수 없게 되어⋯⋯"라는 식으로 쓰고 있는 것이 우습다. 물론 그만두어도 좋겠지만 흥에 겨워 도를 넘어서기 시작하면 스스로 멈추지 못한다.

절로 웃음이 나온다. 벤야민은 아마 이 에세이를 쓰면서 어깨를 들썩거리며 웃었을 것이다. 그러나 웃음 저 안쪽에서 고갯마루를 넘어 새로운 세계에 발을 들여놓으려고 한다는, 이를테면 영혼의 갈망 같은 것도 읽힌다.

영혼의 갈망을 기리는 허풍. 나는 벤야민의 이 글을 아주 좋아한다. 대식大食에 관한 이야기만은 아니다. 일반적인 모든 일에서 뭔가 돌출적인 상황이 생겼을 때, 벤야민이 보여주듯 절실하면서도 우스꽝스러운 허풍을 느끼게 해주는 사람을 만나기란 결코 쉬운 일이 아니다. 스스로 책을 이상할 정도로 많이 그리고 빨리 읽고 있다는 사람들에게도 어딘가에 웃음이 있었으면 한다. 한 달에 백 권을 읽는다거나 한 쪽을 1초에 읽는다거나 하는, 그렇게 흥에 겨운 재미있는 일을 시치미를 딱 뗀 표정으로 쓰지 말았으면 좋겠다. 벤야민처럼 "그리하여 나는 읽는 것을 그만둘 수 없게 되어……"라든가, "그 모습은 읽는 것이 아니라 뒤집어쓴다는 편이 더 어울"렸다든가, "자유롭게 되기 위해, 나는 산더미 같은 책을 서둘러 처리해 버리지 않으면 안 되었다"라고 썼다면 나는 그들을 조금은 신뢰할 수 있었을지 모른다.

그래서 생각은 작가 스기우라 민페이杉浦明平를 향해 간다.

예전에 스기우라 민페이가 책을 매달 1만 쪽씩 읽고 있다고 공언하여 반향을 불러일으킨 적이 있었다. 물론 이 작가가 속독술 같은 것을 터득했을 법하지는 않다. 보통 속도로 읽는 것이다.

그러나 보통의 읽기 방식으로 1만 쪽을 읽는다는 것은 결코 예사로운 일이 아니다. 마치 무화과를 뒤집어쓰듯이 탐하는 것과 같다. 다시 말해 엄청난 일이다. 게다가 그러한 읽기는 매달 계속된다.

어떤 의미에서 그것은 이미 허풍이다. 스기우라 민페이가 거짓말을 했다는 것이 아니다. 벤야민이 이탈리아의 시골에서 무화과를 탐한 것은 아마 거짓이 아니었겠지만, 그 행위 자체는 일상성에서 과장된 이야기로 돌출해 있는 것이다.

1960년에 나온 '이와나미 신서岩波新書'에 수록되어 화제가 된 스기우라 민페이의 글 〈한 달, 1만 쪽〉에 따르면, 그 기준은 금세 게을러지고 싶은 자신의 '오블로모프형 기질'[2]과 싸우기 위해 설정한 것이라고 한다. 즉 무리한 일인 줄 알면서 정한 1만 쪽인 것이다.

스기우라 민페이의 글에서 두 군데를 인용해 보자.

무슨 일이 있어도 끝까지 다 읽으라는 것이다. 1만 쪽은 그 때문에 설정한 숫자이며, 특별히 과학적 근거가 있는 것은 아니다. 한편 1만 쪽에는 A6판의 문고본에서 B5판의 미술 서적에 이르기까지 모든 크기를 포함하고 있다는 것을 말해 둘 필요가 있다. 그래도 잡지는 이 쪽수 안에 들어가지 않는다.

(그러나 1만 쪽 의무제에는) 개탄할 만한 사태가 발생하지 않는 것은 아니다. 왜냐하면 사실 한 달에 1만 쪽이라는 것은 바로 근시에서 원시

---

2 재능이 있으면서 무기력하고 의지가 약한 지식인의 전형을 말한다. 오블로모프Oblomov는 러시아의 소설가 곤차로프I.A. Goncharov의 소설 제목임과 동시에 그 주인공의 이름이다.—옮긴이.

로 이행하려고 하는 이 나이가 되고 보면 꼭 그렇게 용이한 일은 아니기 때문이다. 특히 여행을 한다거나 선거라도 있으면, 어어 하게 되는 것이다. 월말도 다가오는데 앞으로 4, 5천 쪽이나 되는 의무가 남아 있다. 그런 때는 대중 소설을 읽기 시작한다. 예를 들어 요시카와 에이지吉川英治의 《미야모토 무사시宮本武藏》는 전쟁 후에 나온 판으로 3,600쪽 정도인데 이틀이면 다 읽을 수 있다. (중략) 하여튼 강제는 이렇게 속임수를 찾아내고야 말기 때문에 인간 정신에 유해하다고 해도 좋을 것이다.

앞의 글이 씌어진 1956년에 스기우라 민페이는 마흔세 살이었다. 과연 '근시에서 원시로 이행하려고 하는' 연령일 테지만, 좀더 젊었다고 해도 한 달에 1만 쪽은 애당초 '용이한 일은 아니다.' 곤란하기 때문에 바로 자신을 다루기 위한 '의무'로 부과했을 것이다.

그렇다 치더라도 앞에서 본 것처럼, 다독이라고 하면 왠지 한결같이 강박적으로 말해지는 경향이 있다. 억지로 책임을 떠맡기는 것 같다. 특히 다독에다 속독이 더해지면 더욱 고압적인 방식으로 말해진다.

스기우라 민페이의 글에는, 설령 1만 쪽을 읽는다는 터무니없는 이야기에서도 이상할 정도로 강박적인 곳이나 고압적인 곳이 없다. 1만 쪽이라는 숫자 자체가 난센스라고 그 자신도 알고 있기 때문일 것이다. 벤야민처럼 높이 꿰뚫고 지나가는 웃음은 없지만, 성실함 속에서 몇 방울인가 농담을 떨어뜨리는 필치이다.

또한 여름 동안은 이불을 사용하지 않고 매일 밤 신문지를 깔고 그 위에서 알몸으로 자면 시원하고 몸이 편하다든가, 그러나 신문지 위에서 배를 깔고 책을 읽으면 자칫 꺼칠꺼칠해지고 금세 배가 아파 온다든가 하는 이야기도 의뭉스러운 어조로 씌어 있다.

평론가인 혼다 슈고本多秋五에게는 자신이 스기우라 민페이를 처음 만나던 날의 일을 회상한 글이 있다. 스기우라 민페이의 대표적인 기록 문학이기도 한 《노리소다 소동기ノリソダ騒動記》(1953)[3]가 간행되기 전의 일로, 스기우라 민페이는 삼십대 후반이었다. 이미 '한 달, 1만 쪽' 독서는 시작하고 있었는데, 전철 안에서 혼다 슈고

---

3 노리소다는 김을 양식할 때 김(노리)이 붙도록 하는 대나무로 만든 발(소다)을 말한다. 《노리소다 소동기》는 노리소다의 지대금을 둘러싼 어업회장과 촌장의 농간을 공산당 지구 세포가 폭로하여 영세 어민들이 과감하게 싸운 것을 기록한 르포르타주이다.—옮긴이.

와 만나자 갑자기 그 이야기를 꺼냈던 것 같다.

혼다 슈고의 글 〈민페이 씨와 카레라이스〉에서 인용해 보자.

처음으로 대면하는 사람에게 자기를 소개할 때, 자신이 다른 사람과 다른 점을 드는 것은 현명한 방법이라고 할 수 있지만, 이 독서 속도와 독서량은 듣는 사람을 압박할지도 모르는 일이다.

전철은 만원이어서 민페이 씨도 나도 서 있었다. 주변에는 많은 사람들이 서 있었다. 민페이 씨는, 내 말에는 거짓말도 감추는 것도 없다, 순전히 객관적인 사실을 말하는 거다, 그것에 압박감을 느끼는 사람이 있다고 해도 거기까지 고려할 필요는 없다고 생각하고 있는 것인지, 싱글벙글 기분 좋게 웃고 있었다. 몸집은 작았지만 타구唾具같이 단단한 사람이구나 하고 생각했다.

언젠가 《근대문학》 동인이 혼고本鄕의 아카몽赤門⁴ 옆 건물에서 회의를 열고 있었는데, 민페이 씨가 뜻하지 않게 불쑥 찾아온 일이 있었다.

4 혼고에 위치한 도쿄 대학 정문을 말한다.──옮긴이.

회의가 끝난 뒤, 모두 다 같이 그곳을 나와 전찻길을 건너 혼고 산초메三町目 사거리 근처에 있는 카레라이스 집으로 향했다.

그곳은 '충격적으로 맵다'라든가 '아주 맵다'라든가 하는 선전 문구를 단 가게가 아니라 보통의 가게였지만, 민페이 씨가 "아 맵다 매워"라며 연신 찬 공기를 들이마셨기 때문에 그가 카레의 매운맛에 대해서는 초등학생 같은 무구한 혀를 가지고 있다는 사실을 알았다.

그것은 옛날에 어딘가에서 들었거나 읽었는데 "다케다 신겐武田信玄(1521~1573)은 쐐기가 무서웠다"라는, 진짜인지 거짓말인지 알 수 없는 이야기를 알게 되고는, 후지 산 뒤쪽에서 호시탐탐 천하의 형세를 엿보고 있던 늙은 호랑이 같은 영웅의 몸 속에도 우리와 똑같은 붉은 피가 돌고 있었던가 하고 생각했을 때와 같은 안도감을 느끼게 했다.

명쾌한 문장이다. 단문 안에 스기우라 민페이의 사람됨을 썼는데 흠잡을 데가 없다. 보통의 카레라이스를 먹으면서 "'아 맵다 매워'라며 연신 찬 공기를 들이마시"는 부분 등 그 치기가 즐겁다. 그렇게 먹는 모습을 읽으면 예의 그 1만 쪽이라는 기준에도, 스기우라 민페이 자신이 쓴 것처럼 "사람들을 좀 깜짝 놀라게 해주려는 장난기"가 배어 있는 것처럼 보인다.

카레라이스 이야기가 나온 김에, 터무니없이 달았던 단팥죽 이야기를 해보자.

평론가인 쓰루미 슌스케鶴見俊輔가 "자신이 읽은 스기우라 민페이의 저작 중에서 가장 좋아하는 글"이라고 평한 글이 있다. 스기우라 민페이가 편찬한 이와나미 문고의 《다치하라 미치조 시집》에 쓴 해설문이다. 분명히 친구였으며 1939년에 스물넷의 나이로 요절한 다치하라 미치조立原道造(1914~1939)를 둘러싸고, 그 시인이 나치즘에 경도된 것까지 밝히면서 그 어두운 면과 대비해 소네트의 완성미를 두드러지게 한 그 글은, 실로 아주 자세하게 그러한 내용들을 밝히고 있다.

그 해설문에는 다치하라 미치조와 스기우라 민페이가 단팥죽을 먹으러 가는 이야기가 들어 있다. 다치하라와 스기우라 두 사람은 태어나고 자란 것이 다르고 몸집도 다르며 취미나 기호도 거의 겹치지 않는다. 스포츠에 젬병인 것, 새로운 문학을 만들고 싶다는 꿈을 안고 있는 것만이 공통되었을 뿐이다. 다치하라는 멋쟁이였지만 스기우라는 쾌적하기만 하면 무얼 입든 상관하지 않는 사람이었다.

아무래도 곤란한 것은 둘이서 헌책방 거리를 돌고 나서 음식점에 들어갈 때였다. 스기우라는 돈가스처럼 조금이라도 기름기가 있는 음식이 먹고 싶었다. 그런데 다치하라는 오직 단 것을 파는 가게에만 가고 싶었다. 스기우라는 단 것이 질색이었다. 특히 단팥 종류는 딱 질색이었다.

그 부분을 조금 인용해 보자.

미쓰마메蜜豆[5]라면 한 그릇 정도 같이 먹을 수 있었지만, 팥소의 단팥죽은 전혀 식도를 넘어가지 않았다. (중략) 호리 다쓰오堀辰雄(1904~1953)[6]가 즐겨 찾는다는 그럴싸한 선전으로 나를 데리고 들어간 우에노上野 구로몬초黑門町의 '토끼집' 메뉴에는 미쓰마메가 없었다. 어쩔 수 없이 다치하라와 같은 단팥죽을 주문했다. 그런데 그 단팥죽이 걸쭉하고 아주 진하고 달았으며 내 입에는 전고미증유前古未曾有의 맛이었다. 두 번째 숟가락으로 후루룩거릴 용기를 잃어버렸다. 다치하라는 가

녑게 세 그릇이나 먹어치웠다. 집에 밑반찬이 없을 때는 백설탕을 뿌려서 먹는다고 했다. 나도 초등학생 시절 백설탕을 반찬으로 먹었던 경험이 없지는 않지만, 눈앞의 단팥죽 세 그릇에는 어안이 벙벙해 바라보기만 할 뿐 어찌할 바를 몰랐다.

철없는 이야기이긴 하지만, 그 단팥죽 세 그릇 사건이 나중에 다치하라 미치조와 스기우라 민페이라는 걸출한 두 문학 청년의 우정을 위태롭게 한다. 그러므로 무슨 일이든 바보 취급할 수는 없다.

어느 날 오후, 스기우라의 방에 기세 좋게 들어온 다치하라가 갑자기 호리 다쓰오를 비판하기 시작했다. 이미 일본 낭만파[7]로 상당히 기울어져 있던 다치하라는, 문학자에게는 민족 공동체의 선두에 서서 싸울 의무가 있다고 말하기 시작했다.

스기우라 민페이도 발끈했다. 그래서 무심코 실언을 하고 만다.

---

7 1935년에 창간된 잡지 《일본 낭만파》를 중심으로 활동한 문학 운동 단체이다. 전쟁으로 내달린 군국주의적 상황에 호응하여 일본 낭만파는 내셔널리즘으로 기울었고, 태평양전쟁 당시에는 '신국학新國學'을 창도하여 시대의 선두에 섰다. 다치하라가 일본 낭만파로 기울어졌다는 것은 이러한 의미를 지닌다.—옮긴이.

수세에 몰린 기분으로 대답했던 나도 결국 너무 흥분한 나머지 "뭐야, 넌. 남자인 주제에 단팥죽을 세 그릇이나 잘도 처먹더구나" 하고 외치고 말았다. 농담이라면 어찌 되었건 간에 정면으로 말해서는 안 된다고 평소에 숙지하고 있었는데. 도리에 어긋난 이 발언에 다치하라는 어안이 벙벙해서 눈을 동그랗게 뜨고 할 말을 잃은 모습이었다. 그리고 아이처럼 아랫입술을 내민 채 몸을 부르르 떨면서 뭔가 말하려고 했지만 말이 나오지 않고 어느새 눈물을 짓고 있었다. 그것을 보자 나도 해서는 안 될 말을 입에 담았다는 후회와 고통으로 눈물이 솟아날 것 같았기 때문에 "차라도 마시러 갈까?" 하며 일어섰다.

먹는 것은 어떤 때는 즐겁고 기쁘고, 어떤 때는 슬프고 쓸쓸하며 또 절실하게 마음에 와 닿는다. 고작 단팥죽 같은 일로 그런 말을 들은 쪽은 아랫입술을 부르르 떨며, 그런 말을 한 쪽은 후회와 고통에 눈물이 나올 것처럼 된다. 이 구절은 한번 읽으면 잊혀지지 않는다.

그러나 그렇다 치더라도 이 일이 있던 1938년은 다치하라도 스기우라도 이미 이십대 중반, 어엿한 어른인 것이다. 다치하라는 그렇다 치고 스기우라도 다치하라가 먹은 단팥죽 세 그릇을 잘 기억하고 있었던 것이다. 또 그런 말을 잘도 했던 것이다. 역시 먹는 것에 치기가 있었던 것이 아닐까?

1만 쪽의 일에도 역시 치기 같은 것이 희미하게 엿보인다. 다른 사람들을 깜짝 놀라게 하는 장난기가 엿보인다.

그러나 물론 타인에 대한 '장난기'만으로 그런 파격적인 독서를 계속할 수는 없다. 무엇보다 39도의 고열을 발하는 늑막염을 일으켜 6개월간이나 자리를 보전하고 있던 때조차 매달 백 매 이상의 원고를 썼으며, 1만 쪽의 기준을 거의 지켜나갔다고 한다.

거듭 말하지만 그만큼의 분량을 계속해서 읽어나간다는 것은 이상한 일이다. 바보 같다고 한다면 확실히 바보 같은 일이다. 본인도 '난센스'라고 말했다. 그 이상한 일을 스기우라 민페이는 20년 정도 지속했다고 한다.

책을 많이 읽는 것에는 이 세상의 상식으로 논할 것까지도 없는 일의적—義的인 가치가 빛나고 있다. 많이 읽으면 읽을수록 좋다. 반대로, 많은 책을 대충 읽는 것보다 적은 책을 정독하는 편이 낫다는 등의 이야기도 마찬가지로 세상의 상식이다. 그래도 역시 일반적으로 열 권 읽는 것보다는 천 권을 읽는 편이 가치가 올라간다.

스기우라 민페이는 그러한 상식을 따랐던 것일까? 책을 많이 읽는 것에는 아무런 이의가 없으며 가치가 있다고 생각한 것일까?

그랬을 것이다. 스기우라 민페이는 현대 문학사상 가장 강력한 균형 감각을 지닌 작가 가운데 한 사람이다. 그러한 상식도 힘으로 비축하고 불태우며 살았다. 그러나 상식만으로 1만 쪽이나 읽는다는 것은 분명 불가능하며, 무엇보다 그 분량은 이미 상식을 넘어 허풍의 영역에 이르렀다고 해도 좋다. 1만 쪽을 매달 읽기 위해서는 상식 외에 계속해서 허풍을 즐기는 심적 에너지가 필수적이다. 다시 말해 벤야민이 말하는, 새로운 풍경이 전개되는 '원하던 고갯마루'를 향할 정도의 에너지가 필수적인 것이다.

그리고 스기우라 민페이는 음식에서 그럭저럭 그런 에너지를 가진 사람이었다. 즉 미식가였던 것이다. 이제 내일이면 생명이 끝난다는 사실을 안다면 복어의 간과 난소를 실컷 먹고 싶다.[8]—음식을 둘러싼 스기우라 민페이의 에세이 가운데 하나인 〈최후의 만찬最後

---

8 복어의 간과 난소에 테트로도톡신이라는 독소가 들어 있기 때문에 나온 말이다.—옮긴이.

の晩餐〉에는 그러한 꿈이 적혀 있다. 만일 최후의 만찬을 열어준다면 될수록 겨울이라는 계절, 게다가 희망 사항까지 들어준다면 2월이 좋겠다라고.

그러나 그것은 사이교西行(1118~1190)⁹ 법사의 "바라건대 벚꽃 밑에서 봄에 죽기를 그 2월 보름 무렵"이라는 노래에서 배운, 풍류 같은 바람에서 나온 것은 아니다. 2월이면 자주복의 살에 기름기가 돌 뿐 아니라 간도 지방으로 듬뿍 차며 난소도 상당히 자라 있을 터이기 때문이다. 그것을 실컷 먹고 싶다.

그런데 그것은 도중에 깨는 꿈이다. 왜냐하면 복어에는 테트로도 톡신이라는 맹독이 있기 때문이다. 다음은 원문에서 인용한 것이다.

특히 맛있는 자주복은 정소精巢에도 피에도 껍질에도 독을 품고 있지 않은데 알과 간에는 강력한 독이 있다. 그것을 조금 냄비 요리 속에 녹이는 것만으로도 강하든 약하든 분명 탈이 나게 마련이다. (중략) 마지

---

9 헤이안平安 시대 말기에서 가마쿠라鎌倉 시대 초기의 가승歌僧이다.—옮긴이.

막 소원이니, 나 한 사람을 위해 별도의 냄비에서 끓이게 한다. 그리고 나는 동료와 함께 독이 없는 복어회와 복어 냄비 요리를 실컷 먹고 또 술을 많이 마셔 다들 취하고 배불렀을 즈음, 다른 접시에 수북이 담겨 나온 알과 간을 죄다 먹고 죽지 않으면 접시를 핥기로 한다. 테트로도톡신이 온몸을 돌 때까지는 2, 3분 걸리리라. 이 순간이야말로 내 생애의 소원이 이루어지는 최고, 최선, 최미最美의 때일 것이다.

스기우라 민페이는 냄비 요리[10]라면 무엇이든 좋아했다고 한다. 자택에서 일 주일에 한두 번은 냄비 요리를 했다. 쇠고기 스키야키, 샤브샤브, 닭 냄비, 복어 냄비, 오리 냄비, 닭 미즈타키, 그 밖에 돼지고기 생선(된장조림) 냄비, 색시닭 미즈타키,[11] 멧돼지 비계 냄비, 꿩 냄비, 굴 냄비, 해산물 닭 돼지의 모듬 냄비 등 "뭐든지 냄비 요리로 이것저것 뒤섞어 끓여 먹는다."

---

10 냄비 요리는 식탁 위에서 자기로 된 냄비에 물과 재료를 넣고 끓여가면서 먹는 요리를 말한다. 샤브샤브를 생각하면 된다. 뒤에 나오는 모든 요리는 이러한 방식으로 먹는 요리들이다. 편의상 '~냄비'로 번역한다.—옮긴이.
11 토막 낸 영계와 두부, 야채 등을 맹물에 넣고 끓이는 냄비 요리—옮긴이.

그중에서 당닭[12]이라면 한 사람당 한 마리씩, 보통 닭이라면 세 사람당 한 마리씩 할당해서 만드는 미즈타키는 집안의 자랑으로, "마지막에 바짝 졸아든 국물에 우동을 넣거나 그 국물을 밥에 넣어 죽으로 만들었을 때는 배가 터질 듯해도 다시 손이 가는데, 그것은 나한테도 이상하게 생각되었다"라고 에세이 〈닭 미즈타키〉에 적혀 있다.

스기우라 민페이는 뜻밖에 대식가였던 것 같다. 식탁에서는 때때로 '원하던 고갯마루'를 바라고 있었을지도 모른다. 적어도 맹독을 품고 있는 복어 알과 간을 탐하고, 종국에는 격한 황홀감을 맛본다는 〈최후의 만찬〉의 꿈에서는 말 그대로 이 세상의 '고갯마루'를 넘고 마는 것이다.

대식의 즐거움. 이러한 음식 에세이를 읽고 있으면 탐하는 것에 대한 끝없는 갈망은, 어쩌면 예의 '한 달에 1만 쪽'이라는 독서에도 숨어 있을지 모른다.

물론 먹는 것과 독서는 생활 속에서 하나의 일로 묶이는 것은 아

---

12 차보라고도 한다. 당닭은 몸집이 작고 다리가 짧으며 날개를 밑으로 늘어뜨려 땅에 대고 있다. 멀리 나갔다가도 보금자리를 찾아 정확히 되돌아오는 습성이 있다.─옮긴이.

니다. 그러나 배불리 먹는 것과 실컷 읽는 것은 마음가짐의 문제로서 똑같은 현상 방식을 드러내는 경우가 있다.

스기우라 민페이가 매달 1만 쪽을 읽는다는 것은 나 같은 사람에게는 극히 이해하기 어려운 일이지만, 식탁의 광경에서 바라보았을 때는 문득 그 불가해함에 좀 다가선 듯한 기분이 들기도 한다.

독서의 주기

월요일 아침,

새 책을 펼친다. 통근 전철 안이다. 새 책은 월요일 아침에 가장 잘 어울린다. 책 속에는 새로운 사람들이 있고 새로운 풍경이 있다. 지금까지 몰랐던 관계성의 세계가 있다. 그 한 권의 책은 집으로 돌아가는 전철 안에서도 읽고, 집에 돌아가 내 방 안에서도 읽고, 그렇게 해서 주말까지는 다 읽는다. 다시 말해 내 독서는 주 단위이다. 일주일에 한 권, 따라서 한 달에 네다섯 권 정도를 읽게 된다.

특별히 일 주일에 한 권 읽기로 정해 놓은 것은 아니다. 하루에 세번 식사하는 것이 딱 정해진 일이 아닌 것과 같은 이치이다. 시간이 돌고 돌아 아침에서 낮으로, 다시 어스름한 저녁으로 옮겨가는 것처럼, 한 권의 책을 새로운 주가 시작될 때 읽기 시작하여 요일이 돌아 한 주가 끝나는 지점에 다 읽는 것이 내 생활에 익숙해져 있을 뿐이다. 정말 그뿐이다.

읽는 양과 속도는 사람마다 다르다. 표준적인 척도가 있는 것은 아니다. 물론 다독가들의 독서량에서 보면 일 주일에 한 권이라는 것은 말도 안 되는 이야기일 터이다. 스기우라 민페이는 나이가 들고 병 등으로 체력이 쇠약해져서, 결국 한 달에 1만 쪽, 즉 권수로 해서 '평균 34~35권 내지 38~39권'을 단념하고 새로이 '한 달에 열 권 이상'이라는 할당량을 정했다. 이제 곧 일흔 살이 되어갈 무렵의 일이었다. 이것과 비교해 보아도 내 분량은 그 절반 정도밖에 안 된다.

그러나 일 주일에 몇 권, 한 달에 몇 권, 일 년에 몇 권 읽으면 표준이고 그 이상은 다독, 그 이하는 과독寡讀에 해당한다는 말도 아니다. 누구나 자기 생활에 고유한 시간의 사이클이 있게 마련이다. 생활의 시간 사이클에 의해 책을 읽는 방법은 저절로 형태를 갖추게 된다. 생활보다 먼저 독서가 있고 생활이 그 뒤를 좇아가는 것이 아니다.

엔도 류키치는 생활의 어떤 일보다 독서를 우선시키는 사람이었다. 그런데 엔도 류키치는 자신의 저서인 《독서법》에 "밤에서 아침으로 걸치자"라고 쓰고 있다. 책상에 앉아 책을 읽고, 자려고 할 때는 베개 위에 책을 놓고서 그 펼친 쪽을 가만히 바라보는 것이 좋다. 전등을 끄고 책을 덮었다면 그 책에 대해 생각하자. 이내 졸음이 와 잠이 들고 말지만, 다음날 아침 눈을 뜨면 곧바로 그 책을 다시 펼쳐 읽자. 그것이 "밤에서 아침으로 걸치자"의 의미이다.

밤에서 아침으로 다리를 놓는 독서. 이런 굉장한 생각은, 너무나도 공부를 좋아했던 엔도 류키치다운 생각이다. 독서를 생활 속 모든 일의 위에, 즉 가장 높은 자리에 군림하게 했다.

엔도 류키치의 이러한 방법을 평한 글이 구라타 다쿠지倉田卓次 (1922~)의《속 재판관의 서재續裁判官の書齋》에 들어 있다. 그 책에서 구라타 다쿠지는 예전에 엔도 류키치의 책을 인상 깊게 읽었던 일을 회상하면서, "그러나 '밤에서 아침으로 걸치자'는 결국 서생書生을 상대로 한 의견이다. 사회에 나가면 그것이 통할 리가 없다" (〈나의 독서법〉)라고 썼다.

그 말 그대로라고 생각한다. 오가타 고안緖方洪庵(1810~1863)의 데키쥬쿠適塾에서는 숙생塾生들에게 밤낮의 구별도 없었으며, 그 누구도 이불을 깔고 베개를 베고 잔다는 것은 꿈도 꾸지 못했다고 한다. 책읽기에 지쳐 졸리면 책상에 엎드려 잘 뿐이었다는 것이다. 이것은 후쿠자와 유키치福澤諭吉(1835~1901)의《복옹자전福翁自傳》에 나온 말인데, 그것이 바로 서생의 독서이다.

다치바나 다카시와 같이 걸출한 지식인을 서생 취급할 생각은 털끝만치도 없지만, 어느 책에선가 자택 빌딩의 작업실에서 선잠을 자고 있는 다치바나의 일러스트가 그려져 있는 것을 본 적이 있다. 그 일러스트를 생각할 때마다 서생식의 독서와 수면 스타일은 후쿠자와 유키치 시대부터, 엔도 류키치 시대를 거쳐 오늘날까지 면면히 이어져 오고 있구나 하는 생각을 하게 된다.

물론 다치바나 다카시야 그렇게 해도 상관없다. 그 밖에 대량 독서를 자랑하는 사람들이 어떻게 읽든 그리고 '어떻게 자든' 상관없다. 다만 그러한 읽기 방식, 잠자는 방식, 생활 방식은 아무나 할 수 있는 것이 아니다. 또 그렇게 할 필요도 없다.

생각건대 스기우라 민페이도 작가로서 자립할 때까지는 직장을 갖고 있었다. 근무하면서 한 달에 1만 쪽을 읽었던 것이다. 1만 쪽을 읽는 데는 엄청난 시간이 필요했을 것이라는 건 두말할 필요도 없다. 직장과 동료들에게 대체 어떤 폐를 끼쳤던 것일까?

물론 직장에 폐를 끼치는 일이 옳지 않다는 식의 말을 하고 싶은 것은 아니다. 스기우라 민페이처럼 독서를 모든 생활의 중심에 두기로 결심하고 그러한 생활 방식을 택한 사람은, 설령 직장에는 안됐다고 해도 그렇게 할 수밖에 없다. 고용한 직장이 불행할 뿐이다. 단 작가 자신을 서생 취급할 생각은 없지만, 역시 읽기 방식의 스타일은 서생이다. 스스로 서생의 독서를 택한 것이다.

그러나 그렇지 않은 사람이 성실한 사회 생활을 한다면, 그건 서생 스타일이 통했기 때문이 아니다. 나 같은 사람은 전력을 다하는 그러한 독서가 아니라 요시다 겐이치가 쓴 것처럼, "날이 밝아 아침이 되고 날이 저물어 밤이 찾아오는 시간"과 함께 있고 싶고, 그 시간과 노는 것을 즐기는 독서 방법을 찾고 싶다. 물론 밤에도 이불을 깔고 베개를 베고 푹 잠들고 싶다. 이불 속에서는 책 같은 건 잊어버리고 싶다. 책뿐 아니라 일 같은 것도 까맣게 잊고 싶다. 생활의 이런저런 모든 것을 말끔히 다 잊고 싶다. 모든 것을 까맣게 잊고 좋은 꿈을 꾸면서 자고 싶다.

나는 일 주일간의 주기 안에서, 한 바퀴를 빙 도는 그 주기를 의식하면서 한 권의 책을 느릿느릿 읽고 싶다. 읽기 시작하는 것은 언제나 월요일 아침이다. 금요일이나 토요일까지는 다 읽는다. 그리고 다음주 월요일 아침에는 다시 새로운 책을 읽기 시작한다. 그 주기를 기대하면서 기다린다.

천천히 읽는다는 것과 한가하게 읽는다는 것은 다르다. 소중하게 간직한 차를 끓이고 쾌적한 의자에 앉아 좋아하는 음악을 들으면서

서서히 책을 펴고는 느긋하게 독서 시간을 즐긴다. 나는 그렇게 지 낸 경험이 거의 없다. 내 방에는 아예 의자가 없다. 아무래도 좋은 일이지만, 책을 읽을 때는 다다미 위에 정좌한다. 소반이 책상이다.

아마 느긋한 독서를 즐기는 데도 재능이 필요할 것이다. 자기 주변에 상쾌한 요소를 불러모을 수 있는 사람, 그리하여 심신을 자유자재로 쉬게 할 수 있는 재능을 가지고 있는 사람만이 일상적으로 편안하고 느긋하게 책을 읽을 수 있다. 그렇지 못한 나는 밤에는 다다미 위에 정좌하여 저린 다리로 책을 읽기도 하고, 아침저녁에는 통근 전철의 웅성거림에 몸을 맡긴 채 책을 읽기도 한다. 그리하여 피부 감각을 약간 긴장시키고 숨을 조절하면서 천천히 읽는다.

빨리 읽어서는 알아채지 못하는 구절도 천천히 읽음으로써 눈여겨볼 수가 있다. 깜짝 놀라는 경우도 있다. 예를 들어 이와나미 문고에서 나온 야나기타 구니오柳田國男(1875~1962)의 《무명 이전의 일木棉以前の事》이라는 책에 국문학자인 야스다 가쓰미益田勝實(1923~)가 해설을 썼는데, 이 글은 해설문 가운데 걸작이다. 읽고 있으면 야스다 가쓰미라는 사람이 글을 어떻게 읽는지 상상할 수 있어 흥미롭다. 야스다 가쓰미는 분명 천천히 읽는 사람일 것이다.

《무명 이전의 일》에서 야나기타 구니오는, 비단을 입는 계급을 별도로 한다면 원래 삼베옷을 입었던 일본인이 무명을 입게 됨으로써 생활에 엄청난 영향을 받았다고 쓰고 있다. 첫째로는 촉감이다. 그 보드라움, 마찰의 상쾌함. 두 번째는 염색하기가 쉽다는 것이다. 어떤 색이라도 자기가 좋아하는 색으로 물들였다. 그뿐인가. 삼베 시대와 비교하면 옷 입는 사람의 모습도 눈에 띄게 달라졌다. 어깨나 허리에 둥그스름한 모양이 살아난다. 마음대로 늘어났다 줄어들었다 하며 몸의 선이 분명하게 밖으로 드러난다.

원래 나 같은 사람은 좀 우둔한 편이어서, 설령 천천히 읽는다 해도 앞에 씌어진 것 이상의 의미는 모른다. 야스다 가쓰미는 앞의 내용을 읽으면서 어렸을 때의 일을 생각해 냈다고 한다. 여름밤에 목욕을 한 다음 입은 풀먹인 유카타浴衣[1]가 목을 스치는 것이 고통스러울 정도로 두려웠다. 한편 시원하다는 기분도 들었다. 정말로 시원했던가.

---

1 목욕을 한 뒤 또는 여름철에 입는 무명 홑옷을 말한다. 보통 온천 여관에 투숙한 사람들이 여관 안에서 입고 있는 옷을 생각하면 된다.—옮긴이.

이리저리 그러한 기억을 더듬어가면서 《무명 이전의 일》을 읽자니 야나기타 구니오의 글이 체감적으로 다가온다. 그 다음 부분을 야나기타의 원문을 포함해 인용해 보자.

······ 아무렇지 않게 읽기 시작하여 앗, 하고 깜짝 놀란 적이 있다. 그것은 삼베를 버리고 무명으로 바꾼 일본인의, 삼베옷의 시원함에 대한 향수가 불러일으킨 일이다. (중략) 무심코 숨을 죽이고 읽고 있었는데,

다만 여름만은 홑옷에 풀을 진하게 먹이고, 또는 다듬이에 두드려 펴서 옛날의 삼베옷 기분을 약간 남겼는데, 그것도 요즘에는 점차 소홀해지고 있는 것 같다.(《무명 이전의 일》)

그래서 앗, 하고 놀랐던 것이다. 아무것도 아닌 작은 습속習俗 하나가 커다란 역사를 품은 채 우리 주변에 굴러다니고 있다.

원래 손끝의 일이기 때문에 상민의 옷은 실이 두껍고 천이 강하여 뻣뻣하다. 둥그스름한 사람의 몸 표면과 옷 사이에 얼마든지 작은 삼각형

공간이 만들어졌다.(《여성사학女性史學》)

그러므로 무명 유카타에 풀을 먹여 재현하고 싶었던 것이 그 '작은 삼각형 공간'이었다는 것도 잘 알 수 있었다. 천년이나 지속된 삼베옷 시대에서 무명옷 시대로 이행해 가는 모습이 이 사소한 사건에 대한 설명 하나로 또렷이 떠오른다. 미시적인 눈으로 거시적인 역사를 포착한다는 것이 이런 일이리라. 여기서도 야나기타 구니오의 솜씨를 보았다.

풀 먹인 유카타를 입었을 때의 기분이라고 하지만, 나 같은 사람에게는 있는지 없는지도 모를 만큼의 기억밖에 남아 있지 않다. 그래도 어렴풋이 목에 닿았을 때의 따끔함, 선선함, 뻣뻣해서 '작은 삼각형 공간'이 생기는 느낌은 몸이 기억하고 있는 듯하다는 생각이 들기도 한다. 그 감각이 실은 일본인의 마음 고층古層[2]에 있는 삼베의 촉감에 대한 향수라는 것을 알게 되면, 나 역시 앗, 하고 놀라

---

2 사물을 역사적으로 관찰할 때, 옛 시대의 층을 말한다.—옮긴이.

기도 한다.

머리가 아니라 피부가 기억하는 경우도 있다. 천천히 읽어도 그 피부 감각까지 되살려보지 않으면 야나기타 구니오의 역동적인 역사 포착 방법은 확연해지지 않는다. 하물며 다음에서 다음으로 줄줄 대량으로 빨리 처리해 버리는 읽기 방식으로는 이 《무명 이전의 일》을 읽는 의미란 없는 게 아닐까?

이야기가 다소 빗나가지만, 일찍이 야스다 가쓰미와 우메하라 다케시梅原猛가 논쟁을 벌인 적이 있었다. 그 논쟁은 고야노 아쓰시小谷野敦(1962~)의 《바보를 위한 독서술バカのための讀書術》에 소개되어 있다. 그런데 논쟁하는 모습이 아주 재미있다. 고야노 아쓰시의 글을 보고 그 논쟁을 알게 된 나는 곧바로 야스다 가쓰미와 우메하라 다케시의 논쟁이 실린 잡지(《문학》 1975년 4월, 10월, 12월호)를 복사했다.

제1회 오사라기 지로상大佛次郎賞을 받은 우메하라 다케시의 《물밑의 노래水底の歌》를 둘러싸고 먼저 야스다가 "묵살하든가 공상적인 읽을거리로 즐길 수밖에 없다"라고 비판했고, 그것에 응해 우메하라가 "이것은 일종의 이단 재판이며 마녀 재판이다. (중략) 필시

아무리 해도 난 야스다 재판장을 당해 낼 재간은 없을 것이다"라고 서두를 열면서 무시무시한 반박문을 썼다.

그 반박에 대해 야스다가 다시 "(우메하라의 반박은) 정말 강렬한 열기로 일관되어 있어 놀라 자빠질 지경이었다. (중략) 처음으로 나는 항복한다" 하면서 실은 '옳지 됐다' 는 듯이 심한 펀치로 답례를 했다.

논쟁은 우메하라가 주장한 가키노모토노 히토마로柿本人麻呂[3]의 이와미石見[4] 유배설과 관련된 것인데, 두 사람 다 꽤 기운을 내면서 적잖은 유머를 던졌다. 특히 야스다가, 사실 조상의 출신지라는 이와미의 야스다益田 지역을 방문해 멀리 히토마루 신사人丸神社를 바라보면서 선조들에게 "지금 교토의 우메하라 씨라는 논객에게 마구 두들겨 맞아 난처해하고 있습니다만, 조상님들께서는 혹시 히토마루人丸[5] 씨에 대해 전해들은 건 없을까요?"라고 호소하는 부분 등은

---

3 《만요슈萬葉集》의 대표적인 가인歌人으로 36가선歌仙 가운데 한 사람이다.—옮긴이.
4 옛 지명으로 지금의 시마네島根현 서부에 해당한다.—옮긴이.
5 야스다는 가인歌人 가키노모토노 히토마로와 히토마루 신사의 발음이 비슷한 점에 착안하여, 히토마로를 일부러 히토마루 씨라고 칭하며 조상에게 물음으로써 자신의 답답함을 웃음으로 풀어내고 있다.—옮긴이.

웃음을 자아낸다.

그런 논쟁도 있는 것이다. 녹초가 되는 격렬한 싸움 중에도 양쪽 다 피식 웃음을 터뜨린다. 데쓰카 오사무手塚治忠의 만화에는 때때로 효탄쓰기(표주박 누더기라는 뜻—옮긴이)라는 기괴한 생물이 등장한다. 모습은 표주박으로 흰자위가 많이 보이게 눈을 부릅뜨고 문어 같은 입을 하고 있으며, 머리와 몸통에는 꿰매어댄 자리가 있다. 이 이상한 생물은 만화의 전개가, 예컨대 드디어 연애가 아름답게 성취될 때라든가 또는 전투 장면의 격렬함이 절정에 달했을 때 만화 네 모 칸의 구석에 갑자기 출현한다.

그것이 웃음을 유발한다. 자기 반성으로서의 웃음. "뻥이야" 하는 낯설게 하기. 어렸을 적, 왜 우스운지도 모른 채 나는 효탄쓰기를 좋아했다. 데쓰카 오사무의 만화를 볼 때에는 효탄쓰기라는 이 캐릭터가 언제 나올까 하고 기대하는 즐거움도 있었다.

지금도 나는 소설가든 학자든 평론가든 어딘가에 효탄쓰기를 숨기고 있는 사람을 좋아한다. 고야노 아쓰시는 앞의 논쟁에 대해 우메하라의 무시무시한 투쟁심에 감복, "우메하라가 여러 가지로 좀 수상한 말을 한다거나 권력 투쟁을 하고 있다는 것을 알고 있으면서도, 그 사람을 도저히 싫어할 수가 없는 것은 이 투쟁심 때문이다"
라고 쓰고 있다. 나도 그렇게 생각한다.

그러나 나는 또 조상님을 향해 "지금 교토의 우메하라 씨라는 논
객에게 마구 두들겨 맞아 난처해하고 있습니다"라고 궁상을 떤 야
스다 가쓰미도 마음에 들었다. 이 사람도 내부에 은밀히 효탄쓰기를
키우고 있다. 우메하라 다케시라는 사람은 그 존재 자체가 문화에서
의 효탄쓰기일 것이다.

그러고 보면 한 달에 1만 쪽이라는 어처구니없는 다독을 주장한
스기우라 민페이를 내가 "도저히 미워할 수가 없다"는 것은 이 작가
에게서도 역시 효탄쓰기가 종종 나타났다 사라졌다 하는 것을 느끼
기 때문인지 모른다.

하여튼 야나기타 구니오의 《무명 이전의 일》과 야스다 가쓰미가
쓴 뛰어난 해설을 다 읽은 후에 야스다와 우메하라의 논쟁을 다시
읽었다. 또 야스다 가쓰미에게는 이 책 1장에서 다룬 "우리 고향에
일곱 동이, 세 동이 담가놓은 술항아리에 띄워놓은 호리병박 국자,
남풍 불면 북쪽으로 너울거리고……"라고 흥얼거린 남자와, 그 흥
얼거림을 들은 공주의 도망 이야기에 대해 쓴 에세이(《설화 문학과

에마키說話文學と繪卷》)가 있다. 그 에세이도 되풀이해서 읽었다. 야스다 가쓰미는 흔들흔들 바람에 너울거리는 술국자가 '자유의 형상'이라고 썼다.

이것들이 《무명 이전의 일》을 읽기로 할당한 주에 읽은 것 전부이다. 물론 논쟁을 복사해서 본 것이나 에세이는 '참조'만 했기 때문에 '독서'를 한 것은 오직 이와나미 문고에서 나온 책 한 권뿐이다.

거듭 말하지만 나는 특별히 일 주일에 한 권이 적정한 분량이라는 식으로 생각하는 것은 아니다. 단지 내 생활에서는 일과 독서 모두 일 주일을 주기로 나누는 것이 익숙할 뿐이다. 그저 그뿐이다.

스기우라 민페이는 적절하게도 한 달에 1만 쪽이라는 기준 자체는 난센스라고 스스로 쓰고 있다. 한 달에 1만 쪽이 난센스라면 일 주일에 한 권이라는 것도 난센스이다. 그것은 나도 알고 있다.

애초에 다독이 그런 것처럼 과독의 경우도 사람에 따라 한없는 편차가 있다. 작가인 다카하시 다카코高橋たか子가 신문에 다독과 과독에 대해 쓴 것을 읽었을 때, 나는 문득 홀린 기분이었다. 그 일부를 인용해 보자.

젊은 시절에 나는, 사람은 누구나 똑같은 식으로 읽는다고 생각하고 있었다. 그렇지 않다는 걸 깨달은 것은 작가들과 친하게 되고 나서였다. 그들 중에는 다독하는 사람이 많았다. 그래도 나는 다독하는 편이 아니었다. 다독하는 사람들은 거기에 씌어 있는 것 전부가 재미있으리라. 또는 재미있겠다 싶은 장에서 자신과 호응하는 것을 가지고 생각을 심화시키면서 읽을 것이리라. 한편 나는 누구든 나와는 다른 사람인 저자가 한 글자 한 글자에 어떤 생각을 담으면서, 전체적으로 무얼 말하려고 하는가를 헤아려가면서 읽어왔다. 이런 읽기 방식이라면 과독이 되는 것이다.(《아사히 신문》, 2002년 2월 24일자)

한 글자 한 글자를 헤아려가면서 읽는다. 나 같은 사람에게 그 정도까지 하는 것은 일상적인 읽기 방식이 아니다. 옛날 누군가가 "이거다 하고 생각되는 책을 만나면 누구든 연애 편지의 답장을 읽을 때처럼 읽는다"라고 말한 것이 생각난다. 각별한 책은 저절로 일상과는 다른 각별한 방식으로 읽게 된다는 의미일 것이다.

예컨대 신앙을 가진 사람이 종교 서적을 읽을 때는 말의 무거움, 가벼움, 깊음, 얕음, 짙음, 옅음을 하나하나 가늠하면서 읽을 것이다. 실제로 다카하시 다카코에게는 프랑스에서 관상수도회観想修道會 생활을 했던 시기가 있었다. 그것이 앞의 인용 부분 다음에 적혀 있다.

다카하시에 따르면 하얀 벽의 작은 방에는 선반형 책꽂이가 있는데, 그는 거기에 구약성서와 신약성서를 비롯한 '영적 저작'(모두 프랑스어로 된 책)만을 꽂아놓았다고 한다. 책은 50권이 채 안 되었지만, "이것으로 됐다"고 했다. "이것만으로도 전 생애에 걸쳐 읽어갈 수 있는 내용이었다"는 것이다. 여기에서 분명해진 것처럼 다카하시 다카코가 과독이라고 할 때, 그것은 이제 일상 차원에서의 독서가 아니다. 자신에게 읽을 만한 책이 모조리 각별한 책인 것이다.

또 우에하라 센로쿠上原專祿(1899~1975)라는 사람이 있다. 우에하라 센로쿠는 과독이라 할 정도도 못 된다. 그는 온몸으로 하는 '색독色讀'을 주장하고 실행한 사람이다. 색독이란 니치렌슈日蓮宗[6]

---

6 일본 불교의 13종파 가운데 하나이며 가라쿠라 시대의 니치렌日蓮이 개조이다. 니치렌은 《법화경》을 최고의 진리로 확신하여 포교에 힘쓴 사람이다.— 옮긴이.

에서 《법화경》을 올바르게 읽을 뿐만 아니라 그 가르침을 몸으로 실천하고 수행하는 것과 같은 것을 지향한다. 우에하라는 이를 색독 혹은 '회향回向[7]으로서의 독서'라고 했다.

내 앞에 1979년 6월 17일자 《마이니치 신문每日新聞》 기사를 복사한 것이 있다. 검은 바탕의 표제로 "고인이 된 우에하라 센로쿠 씨"라고 적혀 있고, 그 옆에는 작은 글자로 "전 도쿄 상대 학장, '아내의 회향으로' 그리고 모습을 감춘 8년"이라고 덧붙여 있다.

기사의 첫부분은 이렇다. "'회향 여행에 나선다'는 말만 남기고 8년 전, 도쿄에서 모습을 감춘 저명한 세계사 학자이자 전 도쿄 상대 (현재의 히토쓰바시一橋 대학) 학장이었던 우에하라 센로쿠 씨가 쇼와 50년(1975) 10월, 저세상으로 먼저 간 아내의 회향삼매回向三昧로 지새다가 교토에서 조용하게 76세의 생애를 마감한 것으로 밝혀졌다. 교토에서는 지인 등에게도 주소를 비밀로 했으며, '누구한테도 알리지 말라'는 것이 유언이었다고 한다."

---

7 불교에서, 스스로가 쌓은 공덕이나 수행을 사람들이나 살아 있는 생명에게 되돌리는 일을 말한다.—옮긴이.

아내인 도시코利子 씨는 쇼와 44년(1969)에 사망했다. 그 이래로 우에하라는 오직 《법화경》과 《니치렌 유문日蓮遺文》을 읽는 데 열중했다. 그저 읽는 것이 아니었다. 영전에서 독송하는 것이었다. 1971년, 우에하라는 돌연 도쿄의 자택을 떠나 소식을 끊었다. 그리고 1975년, 조용히 세상을 떠났다.

영전에서 경을 읽는 일을 '독서'라고 하는 것도 기이한 느낌이 들지만, 우에하라 센로쿠는 그것을 자기 인생의 최종(최고) 단계의 독서로 실행하고 있었다. 더군다나 세상에서 행방을 감추고서 말이다.

사실 죽기 6개월쯤 전에, 즉 행방불명 상태의 우에하라는 독서 에세이 《크레타의 항아리クレタの壺》를 출판했다. 그런데 그 책에는 70년에 걸친 자신의 독서 생활을, 제1기 '향락으로서의 독서'(濫讀), 제2기 '금욕으로서의 독서'(悅讀), 제3기 '투쟁으로서의 독서'(味讀), 그리고 제4기 '회향으로서의 독서'(色讀), 이렇게 넷으로 구분할 수 있다고 쓰고 있다.

아내의 죽음을 경계로 결국 독서마저 '내용이 없으며 무의미한 것'이 되었다고 단언한 우에하라 센로쿠는, 그래도 역시 독서를 계속했다. 그러니까 독서는 오히려 과격한 일이 된 것이다. 그것이 이제 "눈으로 읽고 마음으로 읽는 정도의 '심독心讀'으로는 불충분"
했고, 어떻게 해서든 회향으로서의 독서, 즉 생활 체험을 통해 온몸
으로 읽는 '색독'이 되어야 했다. 색독에 대한 우에하라의 생각을
보여주는 부분을《크레타의 항아리》에서 인용해 보자.

…… '회향'의 내용과 방법을 찾아 독경을 계속해 온 나는 언제부터인
가 '자아게自我偈'(《법화경》의 여래수량품에 있는 구절—인용자)의 마
지막 구절이 이상하게도 심후深厚하고 견줄 수 없이 장중한 울림을 내
고 있다는 사실을 깨달았다. 아니, 단지 심후하고 장중한 울림 같은 것
이 아니라《법화경》의 설파 당사자인 석가모니여래 자신의, 시간적으로
도 공간적으로도, 사람들에게 약속해도, 사물에 약속해도 한정되는 일
이 없으며 다하는 일이 없는 중생 구제의 자비행에 대한 부처님 말씀의
자서自誓[8]로서 나의 마음과 몸에 울려퍼지게 되었다. 그 마지막 문구의
자서란 다음과 같다. "每自作是念 以何令衆生 得入無上道 速成就佛身."

8 자심慈心을 베풀어 깨달음의 기쁨을 주고자 하는 서원. 서원을 자慈와 비悲로 나누어 고찰한 것이다.—옮긴이.

어떻게 하면 중생으로 하여금 더할 나위 없는 지혜가 들게 하여 속히 성불시킬 것인가, 자나깨나 오매불망.

마지막에 인용된 구절은 어렵다.

《법화경》이라고 하면, 첫부분에 있는 '서품序品' 등에는 석가세존의 미간에서 빛이 나오자 천신天神들이 환희하여 하늘에서 꽃비를 내리고 세계가 진동하며 미간의 빛은 1만 8천 세계에 충만하고 모든 세계는 일순간 금색으로 반짝인다는 등의 이미지가 그려져 있다. 나는 그 장엄함이나 화려함에는 숨을 죽이지만 앞의 구절 같은 것은 그저 어려울 뿐이다. 어째서 이 구절에서 마음이 뒤흔들릴 정도의 감명을 받을 수 있는 것일까? 유감스럽게도 알 수가 없다.

이와나미 문고판 《법화경》의 주해에 따르면, 여기는 부처가 중생을 깨달음으로 이끄는 '대자비大慈悲'를 나타낸 아주 중요한 곳으로, "일본에서는 대대로 천황이 즉위할 때 간파쿠 가關白家⁹—일설

---

9 간파쿠는 헤이안 시대 이후 천황을 보좌하여 정무를 맡아보던 최고의 중직을 말한다.—옮긴이.

에는 이세伊勢의 신주神主—가 이 문장을 천자天子에게 바친다고 전해지고 있다"라고 하는데, 어쨌든 우에하라 센로쿠가 말하는 "심후하고 장중한 울림"을 몸 안에 울리게 하는 것이 바로 "온몸으로 읽는 '색독'"일 것이다.

그리고 이런 색독도 독서이다. 스기우라 민페이의 읽기 방식도 독서이고, 우에하라 센로쿠의 읽기 방식도 독서이다.

예를 들어 한 달에 1만 쪽의 다독에서 경문의 색독까지를 묶는 긴 띠가 있다고 가정하고, 또 한 달에 1만 쪽을 읽는 주변의 띠가 가장 진하게 염색되고 다독 주변에는 거의 흰색에 가깝게 된다고 가정하면, 대체로 사람들의 독서량과 독서 속도는 그 농담의 다양한 변화 속에 있는 것이 아닐까?

그러므로 매달 몇 권, 몇십 권을 읽으라고 하는 것은 쓸데없는 일이다. 정말 어떻게 하든 상관없는 일이다.

읽기 방식은 삶의 방식이다. 나는 천천히 읽지만, 그렇다고 해서 우에하라 센로쿠의 색독 생활이나 다카하시 다카코의 관상觀想 생활을 지향하는 것은 아니다. 아무리 발버둥쳐도 그것은 불가능하다. 매달 1만 쪽을 읽는 것이 도저히 불가능한 것과 마찬가지이다.

아침 일곱시에 일어나 여덟시에는 가방을 들고 집을 나선다. 전철을 타고 직장으로 가서 책상에 앉으면 밤까지는 거기에 있다. 그것을 좋아한다거나 싫어한다거나 하는 것이 아니라 나는 그렇게 생활하고 있다. 그렇게 생활하는 것이 내 삶의 방식이다. 그런 생활 방식, 삶의 방식을 그만두고까지 지금의 읽기 방식을 바꾸고 싶지는 않다.

일이 있어서 독서 시간이 없다고 하는 이야기는 결코 아니다. 다카하시 다카코의 관상 생활에서 독서를 위해 마련된 시간은 '하루에 한 시간이나 45분, 혹은 30분이나 15분'이었다고 한다.

생활을 둘러싼 시간에도 그 순환 방식에는 사람에 따라 온갖 변화가 있다. 예컨대 오가타 고안의 쥬쿠에서 밤낮 구별 없이 계속해서 책을 읽고 졸리면 책상에 엎드려 잤던 서생들, 그리고 서생의 독서를 현대로 이어받은 평론가들의 입장에서 보면, 작가 오자키 가즈오尾崎一雄(1899~1983)의 소설을 둘러싼 시간은 어처구니없을 정도로 시간만 잡아먹는 것으로 비칠 것이다.

오자키 가즈오의 단편 소설 〈여러 가지 벌레들虫のいろいろ〉에는 다음과 같은 구절이 있다.

그리고 또 나는 세상에서 아주 진기한 일을 해낸 적이 있다. 이마로 파리 한 마리를 잡은 것이다.

이마에 앉은 한 마리의 파리, 그놈을 쫓으려는 확실한 생각도 없이 나는 눈썹을 쭉 치켜올렸다. 그러자 갑자기 내 이마에서 소동이 벌어졌다. 나의 그 동작에 의해 이마에 생긴 '주름'이 파리의 다리를 꽉 물어버린 것이다. 몇 개인지는 모르지만 어쨌든 파리는 발이 내 이마에 묶여 허망하게 날개로 야단스럽게 붕붕 소리를 내기 시작했다. 그 낭패한 모습은 손에 잡힐 듯 눈에 선했다.

"어이, 누구 좀 와봐!"

나는 눈썹을 힘껏 치켜올려 이마에 '주름'을 잡은 익살스런 표정으로 큰소리를 질렀다. 중학교 1학년인 장남이 무슨 일인가 하는 표정으로 왔다.

"내 이마에 파리가 있지, 잡아줄래?"

"근데 잡을 수가 없어요. 파리채로 칠 수도 없잖아요."

"손으로 금방 잡을 수 있어. 도망가지 못하니까."

반신반의하는 장남은 손끝으로 어렵지 않게 파리를 잡았다. (중략)

"뭐야? 무슨 일이야?"

모두들 옆방에서 건너왔다. 그리고 장남의 보고로 일제히 깔깔 웃어 댔다.

"와, 재밌다" 하며 일곱 살인 둘째딸까지 주제넘게 웃어댔다. 모두가 서로 짜기라도 한 듯 각자의 이마를 문지르는 것을 보고 내가, "이제 됐어, 저리들 가" 라고 말했다. 좀 언짢아졌다.

나는 이 소설을 읽을 때마다 작가의 각오 같은 것을 느끼지 않을 수 없다. 이마에 주름을 만들어 파리를 잡은 일은 재미있다. 재미있지만 그 기분 안에서 아무래도 작가의 까칠까칠하고 끈질긴 의지를 느낀다. 씌어 있는 내용은 아무래도 일상의 사소한 일이지만, 그것이 사소한 만큼 오히려 작가가 체득한 생활 방식의 뻔뻔스러움을 생각하게 된다.

〈사마귀와 거미かまきりと蜘蛛〉라는 단편에 나오는 거미 이야기도 그렇다.

뜰에 거미가 커다란 집을 지었다. 아무 데도 손상되지 않은 깨끗한 거미줄이다. 자신만만한 거미의 모습을 바라보고 있는 사이에 장난이 하고 싶어 짤막해진 담배꽁초를 거미줄에 던져보았다. 제대로 걸렸다. 거미는 재빨리 줄을 걸쳐 둘둘 말았다. 담배꽁초에서는 가을 하늘을 향해 엷은 연기가 오르고 있었다. '나'는 거미가 담배꽁초의 열기에 흠칫 발을 빼고, 얼마 안 있어 담배꽁초의 몸통으로 달려들거나 하는 모양을 물끄러미 바라본다.

거미가 발을 오므리고 발끝을 입 쪽으로 가져가자, "홍, 역시 화상을 입은 게야" 하며 재미있어 한다. 결국 담배꽁초의 종이가 찢어지고 거미가 알맹이를 천천히 씹기 시작할 무렵, 거미도 니코틴 중독을 일으킬까 하고 생각하면서 싫증이 날 때까지 계속 보고 있다.

이러한 이야기에서도 나는 그 우스꽝스런 몸짓에 뭔가 뻔뻔스러운 것이 일관되게 흐르고 있음을 느낀다. 거미가 발을 핥고 있는(?) 모양을 보고 "화상을 입은 게야" 하는 식으로 재미있어 하는 부분이 특히 그렇다.

동시에 또 생활의 시간이란 순환한다기보다 '순환하게 하는' 것이라고 절실하게 생각한다. 작가는, 그리고 소설의 주인공은 시간이 느릿느릿 순환하는 것을 즐기고 있는 것이 아니라 자기 쪽에서 각오를 단단히 하여 느릿느릿한 시간을 순환시키고 있는 것이다. 이마에 주름을 만들어 파리를 잡는 것도, 그런 장난의 시간을 순환시켜 살아가는 것에 끈질긴 각오를 하고 있는 것이라는 생각이 든다.

작가로서 출발한 무렵 오자키 가즈오는 시가 나오야志賀直哉 (1883~1971)[10]를 스승으로 모시고 있었다. 시가 나오야의 문학에 압도되기도 했다. 그러나 언젠가 시가 나오야와 자신의, 어쩔 도리가 없는 자질의 차이를 깨달았다. "시가 나오야는 (중략) 강하고 늠름하게 자란 소나무 거목이다. 나는 그늘지고 척박한 땅에 휘청휘청 뻗은 팔손이나무 같다. 그러나 소나무도 나무고 팔손이나무도 나무다. 나는 내 나름대로 팔손이나무로 살아갈 수 있다면 그것으로 족하다"(《시가 나오야》)라고 오자키는 썼다.

오자키 가즈오의 소설을 읽고 있으면 그러한 생활 방식, 삶의 방식을 발견했다는 자부심과 각오를 까칠까칠한 느낌과 함께 느낀다. 그것에 비하면 서생의 시간은 매끈매끈할 뿐 느낌이 없다.

---

10 소설가. '시라카바파'의 한 사람으로 일본적 리얼리즘의 최고봉에 위치한 작가로 평가받고 있다. 예민한 감각과 강한 성격의 '자기'를, 비할 데 없는 적확한 문장으로 그려 '소설의 신神'으로 불렸고 많은 문학자들에게 영향을 주었다. 하지만 작가 활동의 시기는 짧았고 작품 수도 많지 않았다. 대표작으로는 〈기노사키城の崎에서〉(《일본대표단편선》, 고려원, 1996), 《화해》(장남호 옮김, 시사일본어사, 1994), 《암야행로》(박영준 옮김, 《세계문학전집》 후기 17, 정음사) 등이 있다.—옮긴이.

생활의 시간을 자신의 손으로 순환시키는가, 적어도 순환시키려고 하는가? 또는 순환하는 시간과 경쟁하면서 살아가는가? 혹은 시간 같은 것은 개의치 않는가? 그런 생활 방식이 있고 책을 읽는 방식은 그것에 따라 형태를 이룬다. 그것을 무시하고 한 달에 몇 권 읽으라는 식으로 말하는 것은 바보 같은 짓이다.

옛날에 건강을 위해서는 하루에 30분이라도 낮잠을 자야 한다고 쓴 신문 기사를 보고 웃고 만 적이 있다. 수면 전문가가 그렇게 썼던 것이다. 성인 일반을 향해 던진 말인데, 매일 30분의 낮잠을 자라는 것이다. 다른 사람의 생활 방식에 대해 상상력이 결여되면 이런 얼빠진 이야기가 나오게 된다. 한 달에 몇 권, 몇십 권 읽으라는 것도 얼빠진 이야기 아닌가.

아무래도 나에게는 오자키 가즈오와 같은 자부심이나 각오가 없다. 스기우라 민페이도 우에하라 센로쿠도 될 수 없다는 것은 뻔한 일이다. 생활 속에서 나에게 가능한 일이라면, 원예가가 자주 하늘을 올려다보고 날씨를 확인하는 것처럼, 자주 그날의 요일을 생각해 내고 월, 화, 수, 목, 금, 토, 일이라는 일 주일의 주기를 느껴보는 것뿐이다.

일 주일의 주기로 생활의 구획을 지음으로써 적어도 그 구획 안에서는, 내 손으로 시간을 순환시키고 있다는 생각을 할 수 있는 것인지도 모른다.

월요일 아침, 새로운 한 주를 새로운 책과 함께 시작하면, 지난주와 일종의 구분을 지었다는 기분이 든다. 그리고 요일이 되풀이됨에 따라 책 속의 새로운 사람들이나 새로운 풍경은, 그 보이는 방식이 바뀌기도 하고 때로 심오함이 드러나 보이기도 한다.

일요일에는 가능하면 바깥바람을 쐬고 싶다. 개를 데리고 공원을 산책하면, 공원의 넓은 연못에는 보트가 떠 있고 잉어가 헤엄치며 자라가 일광욕을 한다. 연못 위에는 붉은부리갈매기가 날고 있다. 공원에 붙어 있는 잡목림에는, 올 때마다 나뭇잎이나 숲 속 그늘의 잡초 색깔도 조금씩 바뀌어 있다. 바람 냄새도 바뀌어 있다.

책을 손에 들고

작가 기타무라 가오루北村薫는

어쩌면 천천히 읽는 사람일지도 모르겠다. 잡지《유레카ユリイカ》의 다카노 후미코高野文子 특집호에 실린 글을 읽고 그런 생각을 했다.〈'루키 씨'는 어디에서 여행을 떠났을까?〉라는 제목의 글이었다.

다카노 후미코는 나도 좋아하는 만화가이다. 1957년생. 과작寡作이라기보다 아마 그림이 느린 작가라고 할 수 있는데, 2002년에 나온 당당한 걸작《노란 책黃色い本》은, 그전에 나온 단행본《막대 한 자루棒がいっぽん》가 나온 지 7년이나 지나서 나왔다.

아마도 영화를 뒤집어쓰듯이 보고 있는 만화가일 것이다. 한 칸 한 칸 앵글을 잡는 방법 등, 때로는 영화적 수법을 넉넉하게 사용하고, 그것을 놀랄 만큼 훌륭하게 독자적인 만화식 표현으로 만들어냈다. 예컨대〈오쿠무라 씨의 가지〉(《막대 한 자루》)에서 남자가 도시락을 먹는 장면을 그린 칸을 보면, 젓가락통에서 꺼내지는 젓가락의 움직임을 크게 그려, 정말이지 이제부터 점심 식사가 시작된다는 기분을 내고 있다.

기술만이 아니다. 인물의 캐릭터 만들기 등에서도 빼어난 부분이 있다.《루키 씨るきさん》의 여주인공인 삼십대 중반 정도(?)의 루키

씨는 하는 말이나 행동 모두가 평범한 모양인데, 평범함에 매몰되어 있는 그 점이 오히려 상식을 벗어나 있다. 세상에 흔히 있는 것 같기도 하고 동시에 세속을 떠나 있는 것 같기도 하여, 그 말할래야 말할 수 없는 존재감이 재미있다.

그런데 기타무라 가오루가 《루키 씨》를 읽었을 때, 루키 씨가 전철 안에서 읽고 있는 책의 표지가 눈에 들어왔다고 한다. 기타무라 가오루의 글에는 미묘한 맛이 있다. 그 표지 이야기 부분 앞뒤를 아울러 인용해 보자. 기타무라 가오루가 아직 자신의 책을 내지 않았을 무렵, 다카노 후미코와는 일 관계로 알게 되어 그녀의 만화 작품 《절대 안전 면도칼絕對安全剃刀》을 샀다는 이야기 다음에, 기타무라는 다음과 같이 쓰고 있다.

읽고는 괴로웠습니다. 나중에 나온 젊은 분이 이만큼의 일을 하고 있구나, 이제 나 같은 사람은 뭘 하든 안 되겠구나 하는 생각을 했습니다. 그런 절대적인 것을 느꼈던 겁니다.

그후 생각지도 못한 일로 책을 낼 수 있게 되었습니다. 표지를 다카노 씨가 만들어주었으며 다시 만나뵐 수도 있게 되었습니다. 그러나 다카

노 씨의 작품에 대해 깊이 파고들어 이야기한 적은 없습니다. 다만 생각
나는 것은 '루키 씨'가 전철 안에서 읽고 있던 책의 표지(치쿠마쇼보
摩書房 판의 63쪽)가, 어느 서점의 것인가를 물은 정도입니다. 미묘하
게 다르긴 했지만, 어딘가에서 본 적이 있는 책표지였습니다. "이타바
시飯田橋에 있는 분쿄도文鳥堂 서점의 책표지"라더군요.

당시 분쿄도 서점의 책표지는 무샤노코지 사네아쓰武者小路實篤의
그림이 그려져 있었는데, 중앙에 그려진 것은 연근이었습니다. (중략)
그러나 만화에서는 그 표지 그대로가 아니었습니다. 다카노 씨의 머릿
속을 통과하자 형태가 달라졌습니다. 연근의 위치도 달라졌습니다. 그
림에 덧붙여진, 정말이지 서점의 표지용 같은 "잘 맛보는 자의 피가 되
리"라는 말도 "잘 씹어 먹자"로 바뀌어 있었습니다. 이러한 다카노 작품
의 좋은 점에 대해 이것저것 억지로 말해본들 안개를 잡으려는 일이나
마찬가지이겠습니다. (중략)

어떤 칸도, 칸의 전개도 또 문득 세계의 틈으로부터 사물을 보는 듯한
부분도 굉장하지만…… 그런 것, 새삼 말할 것도 없겠지요.

확실히 루키 씨는 책을 좋아하는 사람으로 가까운 구립 도서관에

도 자주 간다. 그런데 때마침 도서관에 와 있던 자전거포 젊은 주인이 차나 한잔 같이 마시자고 한다. 도서관의 아동 도서 코너에서 여자를 꼬시는 젊은 주인도 그렇지만, 거기에 넘어간 루키 씨도 그렇기는 마찬가지이다. 루키 씨가 그를 안내하여 도서관 휴게실에서 먹는 것은 야키소바¹ 빵이고, 마시는 것은 환타이다.

기타무라 가오루가 쓰고 있는 것은, 루키 씨가 여자 친구들과 유카타를 입고 마을 축제와 같은 절 행사에 가려고 전철을 탔을 때의 이야기이다. 루키 씨는 전철 안에서 읽기 시작한 책이 너무 우스워서 터져나오려는 웃음을 아무리 참으려고 해도 참을 수가 없다. 보다못한 친구들이 책을 빼앗아도 어깨를 들썩들썩 떨고 목구멍을 실룩거리면서 자꾸만 나오려는 웃음을 죽이고 있다. 가까이 서 있던 고등학생은 무서워하며 살짝 내뺀다―라는 뭐 그런 실없는 이야기이다.

실없기는 하지만 거기에는, 그저 진부한 이야기를 그렸다는 것만

---

1 삶은 메밀국수를 야채나 고기 등을 넣고 기름으로 볶은 요리를 말한다. 그리고 그 볶은 국수를 안에 넣은 길고 둥근 모양의 빵이 야키소바 빵이다.―옮긴이.

이 아니라, 어딘가 루키 씨에 대한 만화가의 악의적인 의도가 작용하고 있다고도 생각된다. 사실 작가 자신이 루키 씨를 싫어한다고 말하기도 했다.

다만 생각한 것은 거기까지였고, 루키 씨가 손에 든 책표지에 그려진 연근 그림은 전혀 알아채지 못했다. 너무나도 아무렇지 않으며 도저히 눈에 띌 만한 게 그려져 있지도 않다. 설령 '이타바시의 분쵸도' 서점의 표지를 내가 알고 있었다 하더라도 만화를 보면서 그것을 알아봤을 거라고는 생각하지 않는다.

만화의 '의미'나 만화가의 '의도' 같은 것을 캐기보다는, 칸 안에 누가 본든 무샤노코지 사네아쓰가 그렸을 것 같은 연근 그림이 있고 그림 옆에는 "잘 씹어 먹자"는 식의 문구가 씌어 있는 것을 알아챘다면, 오히려 그쪽이 재미있었을 것이다. 원래의 문구가 "잘 맛보는 자의 피가 되리"라는 것을 알고 나니 더욱 재미있다.

기타무라 가오루는 책을 즐기는 사람이다. 소리를 높이지 않고 글의 사소한 부분에서 슬쩍 자신이 즐기는 방식을 말하려고 한다.

그리고 다카노 후미코도 분명 책을 즐기는 사람일 것이다. 《노란 책》에서는 마르탱 뒤가르Martin du Gard(1881~1958)의 대하 소설 《티보 가의 사람들 *Les Thibault*》을 읽고 있는 한 여고생을 통해 얼얼하게 아플 정도로 행복한 독서를 그려 보여주었다.

그럭저럭 시대는 쇼와 40년대 중반(1965년 전후)이다. 장소는, 어쩌면 작가의 출신지를 생각할 때 니가타新潟일 것도 같다. 그러나 만화에서 사용되고 있는 사투리가 니가타 말인지는 잘 모르겠다. 고등학생 다이 미치코田家實地子는 학교 도서관에서 빌린 《티보 가의 사람들》 전 5권을 읽고 있다. 학교 갈 때의 버스 안에서, 쉬는 시간에 교실에서, 또 집으로 돌아오는 버스 안에서, 집에서는 책상에서 또는 고타쓰²에서, 다다미에 배를 깔고, 그리고 잠자리 안에서 쉴새 없이 읽고 있다.

그저 책만 읽는 생활이 아니라 친구를 사귀기도 하고 가사를 돕기도 한다. 또 재봉질을 하기도 하고(미치코는 졸업하면 메리야스 회사에 근무하게 된다) 숙모가 입원해 있는 동안 와 있던 어린 사촌 여동생을 보살피기도 한다.

---

2 일본의 실내 난방 장치이다. 나무틀에 화로를 넣고 그 위에 이불 등을 씌워 그 속에 발이나 손을 넣는다.—옮긴이.

어머니가 미치코에게 부엌일 시중을 들게 하면서 야채 조림을 하는 방법을 가르치는 장면이 있다. 그런데 그 어머니의 대사가 좋다. 마치 노래하는 것 같다.

토란. 작게 자른다.

잎사귀. 잘게 썬다.

물. 똑똑 떨어뜨린다.

알면 득이 되고 모르면 사람들의 웃음을 산다.

조림 방법이다. 배워두어라.

'작게 자른다はやす'는 것은 야채를 작게 자르는 것. '똑똑 떨어뜨린다したむ'는 것은 다 썻고 나서 물을 빼는 것. 어느 것이나 익숙하게 들리지 않지만 표정이 있는 말이다. 미치코는 다양한 표정이 있는 생활 속에서, 생활에 딱 들어맞아 친숙한 듯한 또는 젊은이답게 거스르는 듯한 나날을 보내면서 책을 읽는다.

생각의 절반은 온통 자크[3]가 차지한다. 두 손으로 토란이나 잎사귀를 썰어 조림을 만들면서, 쌀을 씻으면서, 머릿속에서는 티보 가의 자크가 말하거나 달리거나 싸우거나 한다.

미치코는 아마 일 년 가까이 걸려 전 5권을 다 읽은 것 같다. 그 사이에 노란 장정의 책은 늘 미치코와 함께 있었다. 졸업도 아주 가까이 다가와 책을 도서관에 반납하지 않으면 안 되었다. 5권째의 마지막은 따끈따끈 따사로운 햇살이 비치는 지붕 위에 배를 깔고 읽었다. 뜰에서 일을 하고 있던 아버지가 지붕 위의 미치코를 향해 말을 건넸다. 그 대사를 인용한다. 마지막 두 줄은 아버지의 혼잣말이다.

미치코, 그 책 살까?

주문하면 돼. 다섯 권 살 테니까 가져다달라고 하면 되거든.

(미치코가 지붕 위에서 "괜찮아, 이제 다 읽었는걸" 하고 대답한다.)

좋아하는 책을 평생 가지고 있는 것도 좋은 거라고 난 생각하는데.

미치코, 책은 도움이 된단다.

책은 말이야, 많이 읽어야지.

3 《티보 가의 사람들》에 나오는 인물의 이름─옮긴이.

창피한 일이지만 나이를 먹은 탓인지 아버지가 중얼거리는 마지막 두 줄은 내 눈물샘을 위태롭게 만든다. 지붕 위에서 햇빛을 받으며 이제 막 다 읽은 제5권의 판권板權 부분⁴을 차분히 들여다보는 미치코. 쓰릴 정도의 행복감이 퍼지는 장면이다.

대충 인생에서의 독서는 사회로 나가기 전의 독서와 사회로 나간 다음의 독서로 나누어볼 수 있다. 다음달이 되면 미치코는 메리야스 회사에 취직한다. 책과의 일체감 안에서 나날을 보내는 행복한 독서도 이것으로 끝이다. 《노란 책》의 마지막 장면에는 책을 반납한 도서관의 광경이 그려져 있는데, 그 광경에 어떻게 해볼 도리가 없는 애절함이 스며드는 것은 그 때문일 것이다.

어째서 미치코의 행복한 독서 생활이 이것으로 끝나는가 하면, 물론 이 책 5장에서 인용한 것처럼 "사회에 나가면 그것으로 통하지 않게"(구라타 다쿠지, 〈나의 독서법〉《속 재판관의 서재》) 되기 때문이다.

나도 취직하기 전에 읽은 마지막 한 권을 기억하고 있다. 날이 저

---

4 책의 맨 끝장(요즘에는 맨 앞장)에 인쇄 및 발행 일자, 저작자, 발행자 등을 기록한 페이지를 말한다.—옮긴이.

물 무렵, 그 책을 다 읽고 나는 창문을 통해 밖을 내다보았다. 가로수가 오렌지빛을 받고 있었다. 책은 존 파울즈John Fowles(1926~)의 《마술사》(오가사와라 도요키小笠原豊樹 옮김, 전 2권)였다. 이 장편소설에는 아주 심하게 열중했다. 이것으로 끝인가, 그렇게 생각하면서 하권을 탁 덮었다.

직장인으로서의 일상이 시작되면 책을 읽는 방식도 크게 달라진다. 당연한 일이지만, 계속해서 책을 읽고 있을 수가 없다. 토란이나 잎사귀를 잘게 썰면서 자크 티보를 생각하고 있던 미치코처럼 일을 하면서 책을 생각하고 있을 수도 없다. 데키쥬쿠의 숙생들처럼 시간과는 무관하게 졸음이 와 책상에 푹 엎드릴 때까지 책을 읽을 수도 없다. 두말할 것도 없는 일이다.

작가 이케자와 나쓰키池澤夏樹(1945~)는 책에 중독되는 인생도 있다고 하면서 그 전제로서, "청나라 때에는 《홍루몽》에 정신이 팔려 밤낮으로 열중해서 읽고 (중략) 스스로 똑같은 생활을 해본다거나 가업을 기울게 하면서까지 그 책에 몰두하는 사람이 나왔다고 한다. 실로 납득하기 힘든 이야기이다"(《독서벽 1》)라고 쓰고 있다.

나로서는 실로 납득하기 어려운 이야기이다. 가업까지 기울게 하면서 독서는 무슨 독서인가 하는 생각이다. 다시 요시다 겐이치의 명언을 들자면 "서가에는 책이 꽂혀 있고 식사 시간이 되면 접시나 밥공기가 식탁에 올려진다." 책장이 있으면 식탁도 있고, 시간이 흐를 때마다 접시나 밥공기가 차려진다. 그것이 생활이다. 생활의 황금 패턴이다. 집안을 망치고 그 황금 패턴을 무너뜨리고 어떻게 하자는 것인가?

또 작가 세키카와 나쓰오關川夏央(1949~　)가 "나는 책을 많이 읽는다. 일어나서 읽고, 서서 읽고, 화장실에 앉아서도 읽는다. 전철 안에서 읽고, 가끔은 걸으면서도 읽는다. 침대에서 읽고, 읽으면서 잔다. 그러므로 전등은 항상 켜놓은 채이다"(《자갈도 도움이 된다石ころだつて役に立つ》)라고 썼는데, 이 같은 읽기 방식은, 읽는 것을 직업으로 하는 사람의 특수한 경우이다.

이미 두 번 정도 인용했는데, 구라타 다쿠지라는 사람이 있다. 예전에 도쿄 고등재판소 판사였고 나중에 공증인이 되었으며 지금은 변호사를 하고 있다. 독서 에세이《재판관의 서재》시리즈(정, 속, 속속, 속속속 이렇게 4권이다)의 저자이기도 하다. 그 첫 번째 책을 처음 대했을 때, 나는 이 사람이 지닌 교양의 깊이, 문장의 재미에 놀라는 동시에 거기에서 생활인 독서의 모범을 본 것 같았다.

그 책에 실려 있는 것은 재판관 시절에 쓴 글들이다. 가령 재판관이라는 직업은 위압적인 느낌이 들긴 하지만, 책 읽는 것을 직업으로 하지 않는다는 점에서는 다른 직업과 다르지 않다. 또 요시다 겐이치를 비틀어 말하자면, 그 생활에는 책장도 있고 식탁도 있으며 침대도 있다. 물론 재판소에도 자택에도 일을 하기 위한 책상이 놓여 있다. 그것들과 함께 바쁜 나날을 보내고 그런 생활 속에서 책을 읽는다. 다시 말해 '사회에 나가 있는 사람'인 것이다. 그런 의미에서 특수하지 않은 한 사람의 생활인이다.

그 사람이 쓴 에세이에 나는 빨려들었다.

예컨대 첫 번째 책에 있는 〈소세키의 《나는 고양이로소이다》에 나오는 한 줄에 대하여〉라는 글에서는 소세키가 기록한 사소한 재담語呂合ゎせ[5]을 통해 메이지 일본의 시대성 한 면을 가까이 보여준다. 《나는 고양이로소이다》 제11장(나, 고양이는 죽을 땐 죽는다)에서

---

5 어떤 글귀의 음이나 어조에 맞추어 다른 글귀를 만드는 언어 유희—옮긴이.

메이테이와 도쿠센이 바둑을 두면서 미묘하게 말을 주고받는 장면 이 그 부분이다.

메이테이가 "……이 흰 돌 좀 물러주게"라고 도쿠센에게 말한 다. 도쿠센이 "그것도 물러달라는 건가?" 하고 싫은 내색을 한다. (메이테이) "내친김에 그 옆의 것도 치워주지 않겠나?" (도쿠센) "뻔뻔스럽군, 어이." (메이테이) 'Do you see the boy인가—뭐 자네와 나 사이 아닌가? 그런 싱거운 소리 말고, 물러주게나……"

앞의 그 교섭에서 영문, 'Do you see the boy'를 소세키는 '두 유 시 자ᵖ 보이'가 아니라 '두 유 시 제 보이'라고 발음하고 있다는 것이 구라타 다쿠지가 세운 추론이다.

소세키는 왜 '자 보이'를 '제 보이'라고 읽은 것일까? 또는 왜 그 렇게 읽게 한 것일까? 소세키가 'boy'를 '보이'라고 쓰고 있는 예 는 그 밖에도 여러 군데 있지만, 문제는 'the'이다. 과연 소세키는 'the'를 '제'로 읽었을까?

---

6 영어 the의 일본식 발음 표기는 ザ(자)이다.—옮긴이.

구라타 다쿠지에 따르면 미나가타 구마구스南方熊楠의 전집 제5권에 재미있는 글이 있다고 한다. 식물 채집을 위해 닛코日光로 갔을 때, 여관의 옆방에 한 젊은이가 '서양인' 두 명을 데려와 묵고 있었다. 그들의 영어 대화를 듣고 있자니, 서양인은 두 사람 다 '제'라고 발음하지 않고 '자'라고 발음한다. 그후 기슈紀州 다나베초田町의 중학생들도 역시 '제'를 '자'라고 발음하게 되었다. 요즘 일본에 오는 서양인들이 일본인들의 사정에 맞도록 민첩하게 '제'를 '자'로 가르쳐버리는 것이 유행하고 있는 것이 아닐까?

즉 '자'보다도 '제'가 더 본래적이라는 것이다. 미나가타는 어학의 귀재로, 영어 발음을 듣는 귀의 정확함은 믿을 수 있다. 미나가타가 영국에서 연수를 끝내고 귀국한 것은 메이지 33년(1900)이지만, 그가 생활하고 있던 당시 런던의 발음은 '제'에 가까웠을지도 모른다.

소세키가 영국으로 유학을 떠난 것은 메이지 33년, 즉 1900년이다. 서로 오고가며 엇갈렸는데, 소세키도 미나가타도 같은 시기에 런던의 발음을 들었다. 메이지 시대의 일본인이 '제'라고 발음한 것은 나름대로 당대 영국인의 발음이었던 것이다.

그래서 구라타 다쿠지는 다음과 같이 결론짓는다.

이것으로 소세키가 'the boy'를 '제 보이'라고 발음했다는 사견을 납득할 수 있었을까?

왜 그런 것에 집착할까?

이미 알고 있는 사람들도 많을 거라고 생각하지만, 그렇게 읽지 않으면 《나는 고양이로소이다》의 그 영문 한 줄의 존재 가치가 사라져버린다.

즈우즈우시이제, 오이づうづうしいぜ, おい.(뻔뻔스럽군, 어이—옮긴이)

두우유우시이제, 보이ドウユーシーゼ, ボイ.(Do you see the boy— 옮긴이)

이렇게 늘어놓고 보아야 금방 반응을 불러일으키는 일본어의 말장난이 되고, 만담(라쿠고落語)을 좋아했던 에도 토박이인 소세키다운 재담[7]이 된다. '자 보이'가 아니라 '제 보이'인 가장 큰 증거는 사실 이 두 줄

---

7 샤레洒落라고 하는데, 여기서는 발음은 같고 뜻이 다른 말을 이용하여 남을 웃기는 재치 있는 문구라는 의미로 사용되고 있다.—옮긴이.

의 대응일지도 모른다.

아주 훌륭하다. 그런데 이 글에는 '부기附記'와 '추기追記'가 있다. '부기'에는 먼저 이 글을 어떤 문집에 발표했더니 친구들로부터 《소세키 전집》에는 그 밖에도 몇 군데 '제'로 읽은 증거가 있다는 것, 애초에 《나는 고양이로소이다》의 제3장(가관인 주인님의 글쓰기)에 '제'라고 쓴 예가 있다는 것 등을 지적받고 머리를 긁적거렸다고 한다.

또 '추기'에는 이 글이 당시 신초샤新潮社의 홍보 책자인 〈파도波〉에 연재중이었던 고바야시 노부히코小林信彦(1932~)의 《소설 세계의 로빈슨小說世界のロビンソン》에 소개된 것 등의 내용이 씌어 있었다.

어쨌든 '즈우즈우시이제, 오이'와 '두우유우시이제, 보이'라는 말장난은 앞에서처럼 나란히 씌어 있는 것을 보고 나서야 의심의 여지가 없게 된다. 고바야시 노부히코가 "90퍼센트 정도의 확률로 K씨의 지적이 맞다고 생각한다"라고 쓴 것에 대해, 구라타 다쿠지가 이 말장난은 알아채거나 알아채지 못하거나 둘 중 하나이고, 알아챈 이상 말장난이 아닐 확률은 조금도 인정할 수 없다고 '추기'에 쓰고 있는 것은 그럴 듯해 보인다.

그렇다 치더라도 산뜻한 해석이다. 이 글을 수록한 《재판관의 서재》가 간행된 것은 1985년, 고바야시 노부히코의 《소설 세계의 로빈슨》이 간행된 것은 1989년이다. 그것을 생각하면 혹시 구라타 다쿠지가 이 글을 쓰지 않았다면, 1993년에 나온 새로운 소세키 전집(이와나미쇼텐)의 제1권 《나는 고양이로소이다》에 'Do you see the boy'의 주해가 달려, "앞줄의 '즈우즈우시이제, 오이'의 음을 영어로 비튼 것. 소세키는 'the'를 '제'로 표기하는 경우가 많아……" 등으로 기록되는 일은 없지 않았을까 생각한다.

도대체 어떤 방식으로 책을 읽는 것일까? 원래부터 상당한 교양을 갖추고 있는데다가 또 깊이 있는 연구를 쌓아온 사람임에는 틀림없다. 단순히 흉내낼 수 있는 것이 아니다. 그렇다 치더라도 재판관으로서의 일상은 매우 분주했을 터이다. 그런 와중에 천천히, 차분하게 읽고 있다. 독서에 대해 상당히 강한 의지가 작용하고 있는 것은 확실하지만, 구체적으로 뭔가 다른 묘안이라도 있는 것일까?

앞에서 인용한 〈나의 독서법〉(《속 재판관의 서재》)이라는 글에 그

것이 나와 있다. 구라타 다쿠지가 실천하고 있는 것은 세 가지의 독서 스타일이다.

첫째는 병행 독서법. 재판관 시절, 하루 중에서 독서에 할애할 수 있는 시간은 자투리 시간을 다 합해야 고작 40분 정도였다고 한다. 법정에 나가지 않더라도 기소 기록을 읽는다거나 판결의 기안起案을 하는 등의 일을 아무래도 집으로 가져가지 않을 수 없었다. 특히 기록을 읽는 일은 정성껏 양심적으로 하자고 마음을 먹으면, 집에서의 하루 24시간을 다 잡아먹는다. 그러한 와중에 마련한 독서 시간을 한 권에 할애하는 것이 아니다. 항상 몇 권인가 가지고 있으면서 자투리 시간이 날 때마다 한 권씩 병행해서 읽는다. "조금씩이라도, 그때그때마다 한 권을 읽겠다고 마음을 먹으면 상당히 많은 책을 손에 들 수 있다"고 구라타 다쿠지는 말한다.

둘째는 코스팅coasting 독서. 한 가지 일에 정신을 집중하여 큰 일을 한 다음, 휴식으로 흥미 위주의 책을 읽는다. 그런 휴식을 위한 독서를 코스팅(연안 항행航行, 타성惰性 주행走行) 독서라고 한다. 구라타 다쿠지는 그 말을 와타나베 쇼이치渡部昇一(1930~)의 에세이에서 배웠다고 적고 있다. 다만 코스팅 독서를 하기 위해서는 토막

난 시간이 아니라 다소라도 합쳐진 시간이 필요하다.

셋째는 비교 독서. 하루의 녹서 시간은 다 합쳐야 40분 정도이지만, 만약 20~30분의 합쳐진 시간이 생기면 하나의 작품에 대해 몇몇 텍스트를 비교하면서 읽는다. 《재판관의 서재》 시리즈에서 몇 개의 실례를 들고 있는데, 어느 것이나 실로 계발적이다. 예컨대 《채근담》이라는 중국 고전이 있는데, 나는 구라타 다쿠지의 에세이를 읽을 때까지 그 책을 그저 지루한 인생론이라고만 생각해 경원하고 있었다. 구라타 다쿠지 덕분에 그 책의 재미를 알게 되었다.

야마구치 사쓰죠山口察常의 번역, 이마이 우사부로今井宇三郎의 번역 그리고 오가에리 요시오魚返善雄의 번역을 비교하면서 읽은 에세이에서 일부분을 인용해 보자. 구라타 다쿠지의 에세이에 자주 나타나는 가공의 대화 형식이다.

"저도 《채근담》은 한번 훑어본 적이 있습니다만, 그렇게 감동적이지는 않던데요……"

"젊었을 때는 아마 그럴 거야." (중략)

"오가에리 번역을 칭찬하신 건……"

"원문의 의미를 포착해서 원숙한 일본어로 표현하는, 그 점에서는 고개를 숙일 수밖에 없다네."

"어떻게 되었는지 알고 싶네요."

"뭐, 어떤 걸 골라도 좋지만, 예컨대 전집前集의 2번, 번역하면 '세상살이에 경험이 얕을수록 세속에 전염되는 것 또한 얕으며, 세상일에 경험이 깊을수록 권모술수 또한 깊다. 그러므로 군자는 세상에 닳아 빤질빤질하기보다는 무뚝뚝하고 우둔한 편이 나으며, 약삭빠르기보다는 허술하면서도 뜻이 높아 변태적인 듯한 편이 낫다'[8]라는 것이 있네. 대충 의미는 알겠지?"

"예, 라로슈푸코François de La Rochefoucauld(1613~1680) 같은 심리의 윤색은 아니니까요."

"이마이의 번역은 '세상살이의 경험이 적을수록 세속의 나쁜 버릇에 물듦도 적다. 그러나 처세의 경험이 많아짐에 따라 권모술수도 더욱 늘고 익숙해진다. 그러므로 군자는 세상일에 숙달되어 능글능글하게 되

8 《채근담》본문의 해석은 도광순의 번역을 참고로 했다.(도광순 역주,《新譯 菜根譚》, 문예출판사, 1977)―옮긴이.

기보다는 꾸밈이 없고 빤질빤질하지 않는 편이 나으며, 예절의 지엽말단에만 구애되어 형식석으로만 깍듯이 행세하거나 너무 조심스러워 약삭빠르게 행세하기보다는 좀 얼빠진 듯하면서도 뜻이 높고 기개가 커서 얼른 보기에는 변태적인 사람인 것같이 행동하는 편이 훨씬 낫다 할 것이다.'"

"교실에서 선생한테 배우는 해석으로는 만점이네요."

"오가에리의 번역은, '초보자는 얼룩이 없는 사람. 숙련자는 엉큼한 사람. 그렇다면 빈틈이 없는 사람보다 정직한 사람이 낫다. 얌전떠는 것보다는 제멋대로가 낫다.'"

"과연, '예절의 지엽말단에만 구애되어 형식적으로만 깍듯이 행세하거나 너무 조심스러워 약삭빠르게 행세하기(曲謹)'를 '얌전떠는 것'으로 한 건가요?"

"이어지는 3번은 '군자의 마음씨는 마치 하늘이 푸르고 해가 빛나는 것처럼 투명하게 가짐으로써 남이 알아보지 못하게 하지 아니하며, 군자의 재주와 지혜는 주옥처럼 깊숙하게 감추어둠으로써 남이 쉽사리 알아버리게 해서는 안 된다.' 이마이의 번역은 우등생의 작문으로 놔두고, 오가에리의 번역만 인용하는데, '마음가짐은 활짝 개어, 숨기는 일 같은 것은 하지 않는 게 좋다. 자기의 솜씨는 가만히 단속해 두고 자랑하지 않는 게 좋다.'"

"흠. 굉장히 알기 쉽게 이야기하지만 한 구절 한 구절 정확히 대응시키고 있네요. 군자를 '자기'로 한 것도 통하네요."

(〈채근담 '비교 읽기 이야기 1'〉《속 재판관의 서재》)

이것 외에도 《수호전》의 세 종류 번역본, 즉 고다 로한幸田露伴 번역, 고마다 신지駒田信二 번역, 요시카와 고지로吉川幸次郎 번역을 비교하며 읽는 것이 있는데, 이것은 3년 정도 걸려 세 종류의 번역을 다 읽었다고 한다. 나 같은 사람에게는 그 책들의 양으로 보나, 특히 고다 로한 번역의 난해함으로 보나 일종의 장렬한 느낌마저 갖게 하는 독서이다.

물론 구라타 다쿠지의 독서 스타일—병행적 독서, 코스팅 독서, 비교 독서—이 누구에게나 적합한 것이라고는 생각하지 않는다. 실제로 나 자신, 코스팅 독서를 하지 않는 것은 아니지만 병행적 독서도 비교 독서도 익숙해지지 않는다.

오히려 봐야 하는 것은 그러한 독서법 자체보다는 하루 중에서

40분에 불과한 시간을 사용해 앞에서 본 것처럼 넉넉하고 생생한 독시를 하고 있다는 점이다. 중요한 것은 바로 그 섬이다.

물론 그 독서 에세이에서도 분명한 것처럼 구라타 다쿠지는 결코 서둘러 읽지 않는다. 구약성서와 신약성서 등은 하루 한 장章을 목표로 하여 4년에 걸쳐 화장실에서(!) 읽었다고 한다. 그러나 천천히 읽는 방식이었다고 해도 한가로이 느긋하게 읽는 것은 아니다. 저속으로 비행한다고 해서 조종사가 한가하게 조종할 수 있는 것은 아닐 터이다. 어쩌면 고속의 비행보다 오히려 집중력이 더 필요할지도 모른다.

느릿느릿 읽지만 사실은 자신의 의지를 다잡고 있다. 정신을 고조시키고 있는 것이다. 그런 점이 있다고 생각한다.

구라타 다쿠지의 에세이를 읽으면 항상 격려를 받는다. 읽는 것에 대해서나 일이나 생활에 대해 용기를 얻게 된다. 독서 시간에 대해 생각한다는 것은, 동시에 독서를 포함하는 생활의 모든 시간에 대해 생각한다는 것이다.

독서만 충실히 하고 생활 전반은 기력도 잃고 쇠약해지는 경향 같은 것은 있을 수 없다. 독서는 생활의 다양한 기복과 함께 있는 것이다. 하루 40분의 독서를 향해 의지를 다잡고 있는 구라타 다쿠지의 에세이에는, 그 언저리의 호흡이 견실하게 포착되고 있다. 거듭 말하지만 생활인의 독서인 것이다. 그런 점에서 용기를 얻는다는 것이다.

사회에 나가면 이제 행복한 독서 생활 같은 것은 없다. 애초에 책을 읽는다고 해도 하루 전체에서 보면 극히 짧은 시간이다. 책에 중독될 여유도 없다. 설령 그런 것에 대한 동경이 있다 해도 그것을 끊어버리지 않고서는 생활인의 일상이 시작되지 않는다.

그러나 그래도 또는 바로 그렇기 때문에 때로는 독서의 기쁨이 몸 안에서 솟아오르는 경우가 있다.

나의 경우 그것은 기껏해야 일 년에 한두 번, 불과 몇 초나 몇십 초, 아니면 몇 분의 일에 지나지 않는다. 그러나 바로 그런 것이 있기 때문에 손에서 책을 놓지 않고 계속 읽게 된다. 얼마 전에 그것을 느낀 것은 《나는 고양이로소이다》를 읽을 때였다. 그리고 이번에는 기타무라 가오루의 《시가의 기다림詩歌の待ち伏せ》(상권)이라는 책에서 미하시 도시오三橋敏雄의 하이쿠를 만났을 때였다.

기타무라 가오루는 어느 하이쿠 선집에서 그 한 수를 발견하고는, "아아, 좋다"라고 공감했다고 한다. "독서라는 행위가 그대로 여기에 표현되어 있다고 생각했다"는 것이다. 유명한 하이쿠인 듯하지만 나는 알지 못했다. 여기에 다시 옮긴다.

갈매기여 오라, 천금의 책을 펼칠 때마다.
かもめ來よ天金の書をひらくたび.

기타무라 가오루도 "아무래도 사족이지만"이라고 말하면서 천금天金에 대해 설명을 하고 있는데, 천금은 장정법裝幀法의 하나로 책을 세웠을 때 위쪽의 절단면, 즉 천天에 금박을 입힌 것을 말한다.

어쨌든 이 하이쿠를 본 순간 나도 오싹했다. 천금이라고 하니까 서양 책인 걸까? 아니, 서양 책이든 아니든, 뭔가 특별한 책을 펼쳤을 때 찾아오는 행복감을 푸른 바다와 흰 갈매기라는, 선명한 색채의 이미지로 나타낸 점이 참신하다.

그러나 기타무라 가오루가 읽은 선집에는 해설문에 "책을 해변에서, 또는 바다 위에서 바닷바람을 맞으면서 읽고 있는 것이다"라고 적혀 있는 것 같다. 기타무라 가오루는 그것에 대해 "그렇지 않다고 생각했습니다. '갈매기여 오라'고 몽상하는데 장소가 해변이어서는 안 됩니다. 현실의 갈매기 색을 띠고 말기 때문입니다. 이 '갈매기'란 상징입니다. 책을 펼쳤을 때 날개를 펴는 생각이며 기쁨일 터입니다"라고 쓰고 있다. 이 말이 맞을 것이다.

그런데 이야기는 그것으로 끝나지 않았다. 눈부신 해석이 있었던 것이다. 기타무라 가오루가 나중에 작가 스나가 아사히코須永朝彦(1946~)의 《부채질하기扇さばき》라는 책을 읽고 있자니 이 구절에 대해 씌어 있는 글이 있었다고 한다.

스나가 아사히코의 해석을 보고 기타무라 가오루는 "눈을 떴습니다"라고 쓰고 있다. 거기에 덧붙여 "아니, 눈을 떴다기보다 현기증이 일어났습니다"라고 말하고 있다. 기타무라에 따르면 스나가 아사히코는 이 하이쿠의 발상이 손에 펼친 책을 그대로 눈높이로 놓고 책의 아래쪽 절단면을 수평으로 해서 본 한순간에 떠오른 게 아닌가 하고 썼다고 한다.

그때 읽고 있던 기타무라 가오루의 책을 나도 그렇게 책의 절반 정도에서 펼친 채 눈높이로 올려보았다. 그리고 책의 아래쪽 절단면을 수평으로 해서 보았다. 그 순간, 과연 가슴이 설레었다.

분명히 갈매기가 보인다.[9] 또한 한 쪽씩 넘기면 차례로 하얀 갈매기가 날개를 펴고 날아오른다.

기타무라 가오루는 "원래 하이쿠란 수수께끼 놀이도 아니고 두뇌 회전 놀이도 아닙니다. 납득이 되어, 그렇구나 하고 생각해 버리면 어쩔 도리가 없습니다. 여기에 있는 것은 이치 이상의 이치입니다"라고 쓰고 있다. 물론 이 하이쿠를 지은 미하시 도시오는 스나가 아사히코가 생각한 대로 발상했는지 어떤지는 확증할 수 없다. 그러나 이것은 바로 알아채거나 그렇지 못하거나 둘 중 하나이고, 일단 알아채면 이제 그 밖의 발상은 떠오르지 않게 된다.

스나가 아사히코에 따르면 미하시 도시오가 이 하이쿠를 지은 것은 빠르면 열다섯 살, 늦어도 열여덟 살 정도의 시기였다고 한다. 미하시는 1920년(다이쇼 9)생이니까 1930년대 후반에 쓴 셈이다.

소년 시절의 미하시 도시오가 펼친 책을 손에 들고 하이쿠를 짓는다. 스나가 아사히코가 그 하이쿠를 해독하면서 역시 손에 펼쳐진

9 책의 중간 정도를 펼쳐놓으면 아래쪽 절단면이 날개를 편 갈매기 모양이 된다.—옮긴이.

책을 다시 수평으로 해서 바라본다. 그 해석을 알았던 기타무라 가오루가 손에 든 책으로 확인해 본다. 기타무라 가오루의 책에서 배운 대로 나도 똑같은 것을 해본다. 이리하여 하나의 발견이 마치 책에서 책으로, 하얀 날개를 펼친 갈매기가 날아오는 것처럼 나한테까지 전해져 온다.

나한테는 그것이 기쁘다. 바로 지금도 책을 들고 있다. 그 책을 읽고 있다. 그런 생각이 솟아난다. 기쁠 때는 웬일인지 시간도 아득하게 피어오르는 것 같다. 현실에서는 아주 짧은 한순간이어도 시간은 한없이 피어오르고 펼쳐지며 충만해지는, 그런 기분에 휩싸인다. 그것이 정말 기쁘다.

젊었을 적에는 독서를 하면서 그러한 감각을 가진 적이 없었다. 더 성급했었다. 시간은 항상 부족했다. 어떤 책에 감동한 적은 있었어도 독서 자체에 감동하는 일은 없었다. 시간은 피어오르고 펼쳐 나아가는 것이 아니라 그저 흘러가 사라지는 것이었다. 지금은 확실히 독서의 감각이 달라졌다. 체감으로 알 수 있다. 언제쯤부터 알았을까, 그것도 알고 있다.

바로 천천히 읽게 되고 나서의 일이다.

저자 후기

이제 와서 새삼 생각하는 것은 한 권의 책을 쓰는 데 걸리는 시간과 그 책을 읽는 데 걸리는 시간이 불균형하다는 것이다. 그 둘 사이에는 때로 엄청난 차이가 나기도 한다.

작가 플로베르는 소설 《보바리 부인》을 산고에 몸을 축내 가면서 장장 4년 7개월 11일이나 걸려 완성했다. 그것은 원고의 겉표지에 기록된 자필 메모로 알 수 있었다고 한다. 그런데 이 소설을 가령 보름 만에 읽는다고 하면 쓰는 시간에 비해 대략 백 배의 속도이고, 하루 반 만에 읽으면 실로 천 배의 속도나 된다.

책에 한정하지 않고, 뭔가를 생산하기 위한 시간과 향수하기 위한 시간을 비교하면, 대체로 생산하는 시간이 훨씬 길다. 한 그루의 포도 묘목에서 한 송이의 열매가 휘어질 듯 열릴 때까지, 몇 개월 또는 몇 년에 걸친 포도 농장 사람들의 보살핌이 필요하겠지만, 그것이 식탁에 올라오면 먹는 데는 불과 몇 분이면 족하다. 물론 그때 맛보는 방법은 성실한 것이다.

본문 중에서도 인용한 생물학자 모토카와 다쓰오 씨가 사용한 비유를 빌리자면, 생산자의 활동 속도는 향수자享受者의 입장에서 보면 코끼리의 움직임과 같다. 그리고 향수자의 활동 속도는 생산자의 입장에서 보면 생쥐의 움직임과 같다. 그 정도로 다르다. 물론 누구라도 반드시 무언가를 생산하고 무언가를 향수하면서 살아갈 터이고, 한 사람의 인간은 코끼리였다가 생쥐였다가 하면서 하루하루를 살고 있는 셈이다.

향수할 때는 생쥐의 움직임이다. 그냥 내버려두어도 원래 빠르다. 포도를 먹으면서, 문득 정신을 차리고 보면 아무것도 느끼지 않고 아무것도 생각하지 않으면서 한 알 두 알 차례로 입으로 가져가기만 했다는 사실을 깨닫는 경우가 있다. 미뢰味蕾(혀에 분포되어 있는 세포의 모임으로 화학적 물질을 식별해서 미각 중추에 전해 미각을 일으킨다.— 옮긴이)의 감각이 작용하고 있지 않은 것이다. 마찬가지로 책을 읽으면서도 눈이 활자 위를 미끄러져 가기만 하는 경우가 있다.

책에서 보여야 할 풍경이 보이지 않는 것이다. 들려야 할 울림이 들리지 않는 것이다.

읽는 방식은 중요하다. 글을 쓰는 사람이 전력을 다해, 시간을 들여, 거기에 채워넣은 풍경이나 울림을 꺼내보는 것은 바로 잘 익어서 껍질이 팽팽하게 긴장된 포도 한 알을 느긋하게 혀로 느껴보는 것과 같은 것이다.

바쁜 일상 속에서 천천히 책을 읽는 것은 의외로 어려운 일이다. 그러나 포도의 싱싱한 맛은 먹는 방법 하나에 달려 있다. 마찬가지로 읽는 방법 하나에 책 자체가 달라진다. 즐거움으로 변한다. 이 책에서는 특히 그것에 대해 쓰고 싶었다.

신초샤 출판기획부의 아키야마秋山洋也 씨에게는 아주 많은 신세를 졌다. 엄중한 독촉과도 같고 따뜻한 격려와도 같은, 상당히 세심한 아키야마 씨의 이끌어줌이 없었다면 이 책은 도저히 나오지 못했을 것이다. 감사하다는 말씀을 드린다.

2002년 가을

야마무라 오사무

옮긴이의 말

이 책은 야마무라 오사무의 《천천히 읽기를 권함 遲讀のすすめ》(新潮社, 2002)을 완역한 것이다. 언뜻 보면 최근에 소개되어 널리 읽힌 다치바나 다카시의 《나는 이런 책을 읽어 왔다》에 대한 비판서처럼 보일지도 모르겠다. 그러나 다치바나 다카시의 이 책이 속독술이나 대량 독서에 대한 주장만을 담고 있지 않듯이, 야마무라 오사무의 이 책 역시 단순히 '천천히 읽자'는 말만으로 정리되지 않는다. 어쩌면 눈에 띄지 않은 채 우리 곁에 줄곧 자리잡고 있는 '느리게 사는 삶'을 강조하는 이야기의 연속일 터이다. 저자의 말대로 '천천히 읽기'는 인생에서의 선택 문제이기 때문이다.

이 책에는 그동안 '천천히 읽기'를 강조한 사람들, 즉 비평가이자 문학사가인 에밀 파게와 작가인 귀스타브 플로베르, 헨리 밀러, 발레리 라르보, 앙드레 지드 등의 다양한 이야기가 소개되어 있다. 그리고 저자가 그동안 아주 '천천히' 읽으면서 간혹 맛본 '황홀한 순간'들이 아름답게 그려져 있다. 그중에서 처음으로 만나게 되는 것이 나쓰메 소세키의 《나는 고양이로소이다》에 나오는 다음의 한 구절이다.

무사태평으로 보이는 사람들도 마음속 깊은 곳을 두드려보면 어딘가 슬픈 소리가 난다.

처음 보는 문장이다. 아니, 읽었지만 그냥 넘어간 것이다. 웃다가도, 기계적으로 읽다가도 이런 데서 한번 멈춰서는 것이 '천천히 읽기'의 요체일 것이다. 살아가는 리듬이 다르면 세계관이 다르고 가치관도 다르다고 한다. 이 세계가 드러나는 방식이 전혀 달리 보인단다.

새로운 책을 대할 때마다 사실 천천히 읽을 것인가, 빨리 읽어버릴 것인가를 고민한다. 음식을 씹듯 천천히 읽으리라 다짐하지만 늘 그렇게 되지는 않는다. 다음에 읽어야 할 책이 항상 방해를 하기 때문이다. 누군가 옆에서 다른 책을 읽고 있으면 나도 빨리 봐야 할 텐데, 그렇게 생각하기 일쑤다.

이런 생각도 한다. 옛날부터 다른 사람 신경 쓰지 않고 내가 보고 싶은 책만 천천히 그리고 자세히 읽었다면 지금쯤 어떻게 되었을까? 누구나 한 번쯤 할 법한 이야기이면서 또 누구나 실패할 수밖에 없는 이야기이다. 천천히 읽는 것은 느리게 사는 삶을 선택하는 적극적인 행위이기 때문이다. 자칫하면 앞으로 내달리려는 자신에게 브레이크를 거는 것이다. 앞으로 내달리는 탄력을 줄이려는 적극적인 행위 없이는 가능하지 않은 방식이므로 책을 천천히 읽는 일은 의외로 어려운 일이다. 누구나 해답을 알면서도 그런 선택을 한다는 것이 쉽지 않다는 것 또한 사실이다. 책은 읽는 방법에 따라 그 자체가 달라진다. 세상도 그럴 것이다.

우리는 너무 많이 보고, 너무 많이 읽고, 너무 많이 먹고, 너무 많이 이동하고, 너무 빨리 움직이고 있는 것이 아닌가 싶다. 이 책에서 말하듯 세상은 코끼리의 시간에서 점점 생쥐의 시간으로 변해 가는 것이리라. 이제 우리 스스로에게 브레이크를 걸어야 하는 시점이다. 더 늦으면 브레이크가 말을 듣지 않게 될지도 모른다. 아니 브레이크가 있다는 사실조차 모르게 될 수도 있다. "그냥 내버려두면 무엇이든 빨리 하고 싶어하는 것이 이 사회"이기 때문이다.

그래서 요즘에는 책을 읽는 시간 자체가 소중하다는 생각을 한다. 책에서 전혀 정보를 얻지 못해도 상관없다. 그냥 가만히 앉아 있는 시간, 혼자 있는 시간 자체가 소중한 것이다. 책을 읽다가 멍하니 딴생각을 해도 무방하다. 충혈된 눈으로 모니터를 좇는 시간처럼, 책까지 그렇게 볼 필요는 없지 않을까? 그 많은 정보를 입력해서 뭘 하겠는가? 그건 전문가에게 맡겨두자.

이 책을 읽고 있으면 마음이 따뜻해진다. 책을 읽는 일이 이렇게 행복한 일이라는 걸 문득 깨닫는다. '천천히 읽기'가 한가하게 읽는 것과 다르다고는 하지만, 이런 시간만큼은 한가해져도 좋지 않을까 싶다.

2003년 10월
송태욱

참고 문헌

夏目漱石, 《吾輩は猫である》(《漱石全集》 제1권, 岩波書店, 1993)

柄谷行人 등, 《必讀書 150》(太田出版, 2002)

福田和也, 《ひと月百冊讀み, 三百枚書く私の方法》(PHPソフトウェア・グ
　　ループ, 2001)

立花隆, 《ぼくが讀んだ面白い本・ダメな本 そしてぼくの大量讀書術・驚
　　異の速讀術》(文藝春秋, 2001)

エミール・ファゲ, 石川湧 역, 《讀書術》(春秋社, 1940)

遠藤隆吉, 《讀書法》(巢園學舍出版部, 1915)

ヘンリー・ミラー, 田中西二郎 역, 《わが讀書》(《ヘンリー・ミラー全集》
　　제11권, 新潮社, 1966)

チェーホフ, 原卓也 역, 〈殺人〉(《チェーホフ全集》 제10권, 中央公論社,
　　1960)

フローベール, 伊吹武彦 역, 《ボヴァリー夫人》(岩波文庫, 1960)

小林秀雄, 〈讀書について〉(現代教養講座 4 讀書のすすめ, 角川書店, 1957)

高橋新吉, 〈貪婪な慾望〉(現代教養講座 4 讀書のすすめ, 角川書店, 1957)

ギッシング, 平井正穂 역, 《ヘンリ・ライクロフトの私記》(岩波文庫,

　　ックス, 1976)

波多野精一,《西洋哲學史要》(大日本圖書株式會社, 1901)

鈴木信太郎 역,《ヴィヨン全詩集》(岩波文庫, 1965)

田中菊雄,《現代讀書法》(三笠書房, 1963)

内田百閒,《阿房列車》(《内田百閒全集》제7권, 講談社, 1972)

新庄嘉章,《ジイドの讀書法》(現代教養講座 4, 讀書のすすめ, 角川書店,
　　1957)

吉田健一,《時間》《交遊錄》(《吉田健一集成》제3권, 新潮社, 1993)

吉田健一, 清水徹 편, 〈本のこと〉(《吉田健一, 友と書物と》, みすず書房, 2002)

幸田露伴,《努力論》(岩波文庫, 2001)

川上弘美,《センセイの鞄》(平凡社, 2001)

武田百合子,《富士日記》(中央公論社, 1977)

武田百合子, 野中ユリ畵,《ことばの食卓》(筑摩文庫, 1991)

ヴァルター・ベンヤミン, 藤川芳朗 역, 〈植物〉(ヴァルター・ベンヤミン
　　著作集》11, 晶文社, 1975)

杉浦明平, 〈一月・一万ページ〉《《一月・一万ページ》改正の記〉(《本・そして
　　本》, 筑摩書房, 1986)

本多秋五, 〈明平さんとカレライス〉(玉井五一・はらてつお 편,《明平さん
　　のいる風景》, 風媒社, 1999)

鶴見俊輔, 〈黒い怒りのゆくえ〉(玉井五一・はらてつお 편,《明平さんのい

　　　る風景》, 風媒社, 1999)

杉浦明平 편,《立原道造詩集》(岩波文庫, 1988)

杉浦明平,〈最後の晩餐〉〈鶏の水炊き〉(《偽 ‘最後の晩餐’》, 筑摩書房, 1992)

倉田卓次,《續 裁判官の書齋》(勁草書房, 1990)

柳田國男,《木棉以前の事》益田勝實 ‘解說’(岩波文庫, 1979)

小谷野敦,《バカのための讀書術》(ちくま新書, 2001)

益田勝實,《說話文學と繪卷》(三一書房, 1980)

上原專祿,《クレタの壺》(評論事, 1975)

坂本幸男·岩本裕 역주,《法華經》(岩波文庫, 1976)

尾崎一雄,〈虫のいろいろ〉〈かまきりと蜘蛛〉(《美しい墓地からの眺め》,
　　　講談社文藝文庫, 1998)

尾崎一雄,《志賀直哉》(筑摩書房, 1986)

北村薫,〈《るきさん》はどこから旅立つたのか〉(《ユリイカ》特輯·高野文
　　　子, 青土社, 2002년 7월호)

高野文子,《るきさん》(筑摩書房, 1993)

高野文子,《黄色い本》(講談社アフタヌーンKCデラックス, 2002)

池澤夏樹,《讀書癖 1》(みすず書房, 1991)

關川夏央,《石ころたって役に立つ》(集英社, 2002)

倉田卓次,《裁判官の書齋》(勁草書房, 1985)

北村薫,《詩歌の待ち伏せ》上(文藝春秋, 2002)

샨티 회원제도 안내

샨티는 사람과 사람, 사람과 자연, 사람과 신과의 관계 회복에 보탬이 되는 책을 내고자 합니다. 만드는 사람과 읽는 사람이 직접 만나고 소통하고 나누기 위해 회원 제도를 두었습니다. 책의 내용이 글자에서 머무는 것이 아니라 우리의 삶으로 젖어들 수 있도록 함께 고민하고 실험하고자 합니다. 여러분들이 나누어주시는 선한 에너지를 바탕으로 몸과 마음과 영혼에 밥이 되는 책을 만들고, 즐거움과 행복, 치유와 성장을 돕는 자리를 만들어 더 많은 사람들과 고루 나누겠습니다.

샨티의 회원이 되시면

샨티 회원에는 잎새·줄기·뿌리(개인/기업)회원이 있습니다. 잎새회원은 회비 10만 원으로 샨티의 책 10권을, 줄기회원은 회비 30만 원으로 33권을, 뿌리회원은 개인 100만 원, 기업/단체는 200만 원으로 100권을 받으실 수 있습니다. 그 외에도,

- 추가로 샨티의 책을 구입할 경우 20~30%의 할인 혜택을 드립니다.
- 신간 안내 및 각종 행사와 유익한 정보를 담은 〈샨티 소식〉을 보내드립니다.
- 샨티가 주최하거나 후원 협찬하는 행사에 초대하고 할인 혜택도 드립니다.
- 뿌리회원의 경우, 샨티의 모든 책에 개인 이름 또는 회사 로고가 들어갑니다.
- 모든 회원은 아래에 소개된 샨티의 친구 회사에서 프로그램 및 물건을 이용 또는 구입하실 때 할인 혜택을 받을 수 있습니다.

- 문성희의 '평화가 깃든 밥상' 요리강좌 수강료 10% 할인
  070-8814-9956, http://cafe.daum.net/tableofpeace
- 오늘 행복하고 내일 부자되는 '포도재무설계' 재무설계 상담료 20% 할인
  http://www.phodo.com
- 대안교육잡지 격월간《민들레》정기 구독료 20% 할인
  http://www.mindle.org
- 부부가 정성으로 농사지은 설아다원의 유기농 녹차 구입시 10% 할인
  http://www.seoladawon.co.kr

회원제도에 대한 자세한 사항은 샨티 블로그 http://blog.naver.com/shantibooks 를 참조하십시오.

샨티의 뿌리회원이 되어
'몸과 마음과 영혼의 평화를 위한 책'을 만들고 나누는 데
함께해 주신 분들께 깊이 감사드립니다.

뿌리회원(개인)

이슬, 이원태, 최은숙, 노을이, 김인식, 은비, 여랑, 윤석희, 하성주, 김명중, 산나무, 일부, 박은미, 정진용, 최미희, 최종규, 박태웅, 송숙희, 황안나, 최경실, 유재원, 홍윤경, 서화범, 이주영, 오수익, 문경보, 최종진, 여고운, 조성환, 김영란, 풀꽃, 백수영, 황지숙, 박재신, 염진섭, 이현주, 이재길, 이춘복, 장완, 한명숙, 이세훈, 이종기, 현재연, 문소영, 유귀자, 윤흥용, 김종휘, 이성모, 박새아, 문수경, 전장호, 이진, 최애영, 김진회, 백예인, 이강선, 박진규, 이욱현, 최훈동, 이상운, 이산옥, 김진선, 심재한, 안필현, 육성철, 신용우, 곽지회, 전수영, 기숙희, 김명철, 장미경, 정정희, 변승식, 주중식, 이삼기, 홍성관, 이동현, 김혜영, 김진이, 추경희, 물다운

뿌리회원(단체/기업)

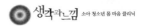

회원이 아니더라도 이메일(shantibooks@naver.com)로 이름과 전화번호, 주소를 보내주시면 독자회원으로 등록되어 신간과 각종 행사 안내를 이메일로 받아보실 수 있습니다.

전화 : 02-3143-6360 팩스 : 02-338-6360
이메일 : shantibooks@naver.com

천천히 읽을수록
더 **맛**이 나는 **산티**의 에세이

지금도 쓸쓸하냐 2004년 1월 이 달의 책, 2005년 한국의 책 번역지원도서

오랜 구도의 길에서 만난 참 자기와 마음으로 나눈 대화록_ 쓸쓸한 세상을 살아가는 모든 이에게 위로와 안식, 그리고 깨달음의 즐거움을 준다. 구름처럼 늘 떠도는 '나' 가 물으면, 산처럼 한결같은 또 다른 '나' 가 대답한다. 예컨대, 쓸쓸함에 겨워하는 '나' 에게, "잘 대접해라. 쓸쓸함도 너에게 온 손님이니 때가 되면 떠날 것이다"라고.

이현주 지음 | 262쪽 | 값 10,000원 | 양장본

아내와 걸었다 2007년 10월 고도원의 아침편지 추천도서

아내와 함께 걸은 65일간의 바닷길 여행_ 결혼하고 살면서 서로 헛된 기대 말기로, 대신 한두 번은 제법 길게 온전히 같이 있기로 약속한 부부가 해안선 일주를 하며 자신과 상대를 새로이 발견해 간 여행 에세이. 저자는 말한다. "사람들은 당장 여행을 떠나고 싶어 미치겠다고 하면서도 그럴 수 없는 수많은 이유를 갖고 있다. 허나 가져야 할 것은 떠나야 하는 단 하나의 이유다."

김종휘 글·사진 | 248쪽 | 값 13,000원

오제은 교수의 자기사랑노트 2009년 문광부 우수교양도서

〈아침마당〉〈생방송 오늘아침〉 등에서 화제를 불러일으킨 오제은 교수의 '상처받은 내면' 치유법_ 아시아인 최초의 국제 공인 이마고 부부치료 전문가인 저자가, 인간관계에서 벌어지는 문제의 원인인 상처받은 내면아이를 만나서 치유에 이르는 원리와 방법을 자신의 생생한 인생 이야기들과 함께 풀어낸 책. 이론 중심이 아닌 현장감과 다양한 경험이 풍부하게 살아있는 감동의 심리 치료서다.

오제은 지음 | 320쪽 | 값 15,000원 | 양장본

내 인생의 좋은 날

죽음 앞에 선 말기암 환자가 세상을 향해 내민 작은 선물_ 한때 잘 나가는 치과의사였던 저자가 말기암 진단을 받은 뒤 7년 동안 쓴 일기들로, 경이와 감사로 가득한 인생의 비밀들이 감동적으로 펼쳐진다. 이현주 목사는 "사람이 얼마나 아플 수 있는지, 그리고 사람이 얼마나 아름다울 수 있는지, 그것들을 실험해 보기로 작심한 위대한 영혼"의 놀라운 고백이라고 이 책의 서문에 썼다.

기자영 지음 | 248쪽 | 값 12,000원

먼지의 여행

백수는 외로운 시간을 건너며 새로운 세상을 만든다_ 취업 대신 1년 동안 인도, 네팔, 인도네시아, 미얀마, 중국 등지로 '돈 없는 여행'을 하고 돌아온 20대 백수가 같은 20대 백수들에게, 이미 만들어진 세계에 편입하려 애쓰기보다 함께 새로운 인생을 만들어보자고 권한다. 투박한 듯 톡 쏘는 재미난 그림들이 읽는 맛을 더해준다.

신혜 글·그림 | 256쪽 | 값 12,000원

순진한 걸음

진짜 기적을 찾아 떠난 산티아고 순례기_ 발목 통증으로 20년 넘게 고통을 겪어온 순진, 그녀가 오랫동안 꿈꾸어 온 산티아고 길을, 남들보다 세 배가 걸려 걸어간 이야기. 순진의 이야기를 읽고 나면 누구나 덩달아 행복해지고, 아픔과 고통을 주는 몸 속에 얼마나 많은 기쁨과 희망이 함께 숨어 있는지 깨닫게 된다. 그리고 바로 그 순간, 우리에게도 기적이 일어난다.

순진 글·사진 | 336쪽 | 값 14,000원

천천히 읽을수록
더 맛이 나는 샨티의 교육서

흔들리며 피는 꽃 2005년 '책으로 따뜻한 세상 만드는 교사들' 권장도서

교실에서 피어난 휴먼 스토리_ 현직 교사인 지은이가 12년간 만나온 아이들과 나눈 마음의 대화록이다. 매일 지각하는 아이를 깨워 함께등교하고, 나이트클럽 사장이 되겠다는 아이를 졸업시키기 위해 조직 폭력배와 담판을 벌이는가 하면, 꼴찌들만 모아 연극을 하면서 희망과 자신감을 심어주기도 한다. 아이들과 함께 빚은 삶과 글에 짙게 배인 지은이의 사랑이 감동적이다.

문경보 지음 | 윤루시아 그림 | 224쪽 | 값 10,000원

미안, 네가 천사인 줄 몰랐어
2010년 중학 국어(금성출판사)에 '사랑해 심재현' 편 수록

갓 지은 밥처럼 따뜻하고 맛있는 산문집_ 철부지 아이들과 늦된 선생이 나누는 살갑고 눈물겨운 일상의 이야기들. 그러나 그 일상 속에서 빛나는 보석을 캐 올릴 줄 아는 저자의 글을 읽다보면 진실과 아름다움의 낯선 세계로 탐색해 들어가는 용감하고 정직한 '구도자'를 만나게 된다. 그리고 지금 내가 있는 자리에서 만나는 사람, 바로 그가 나에게 섬김을 알려주려고 온 천사임을 깨닫게 된다.

최은숙 지음 | 240쪽 | 값 10,000원

내 안의 열일곱 2007년 문광부 우수교양도서

부모와 교사, 청소년이 함께 읽는 성장 에세이_ 다양한 실패를 겪어본 어른과 무수한 실패를 앞두고 있는 아이가 서로에게 선생이 되어 나누는 아름다운 성장 이야기. 성장통을 겪는 열다섯 명의 청소년 이야기에 자신의 청소년 시절 이야기를 잔잔히 곁들인 책이다. 멘토를 찾는 십대와, 아이들에게 어떻게 말을 걸어야 할지 고민하는 교사나 부모에게 권한다.

김종휘 지음 | 한송이 그림 | 320쪽 | 값 11,000원

인디고 아이들 <small>2006년 동아일보 선정 '자녀교육 길라잡이 20선'</small>

새로운 아이들이 몰려오고 있다_ 인디고indigo 아이라는 개념을 국내에 처음 소개한 책. 1980년 이후 출생한 이들은 '오래되고 지혜로운 영혼'으로서 놀라운 자질과 능력을 지녔지만, 때로는 문제아로 비치기도 한다. 허나 이들의 메시지에 귀기울이다 보면 아이들을 어떻게 바라보아야 할지 시각이 근본적으로 바뀌게 된다. 특히 부모나 교사, 상담가들에게 권한다.

리 캐롤·얀 토버 지음 | 유은영 옮김 | 384쪽 | 값 11,000원

축하해

2009년 '책으로 따뜻한 세상을 만드는 교사들' 권장도서, 2009년 행복한 아침독서 추천도서

10대 딸아이를 둔 부모, 그리고 모든 남자가 꼭 읽어야할 책_ 탈성매매 여성들이 새로운 삶을 만들어가는 치유와 희망의 메시지. MBC 라디오 '여성시대' 작가 박금선이 이들의 아픔과 사랑, 절망과 꿈의 세계를 시, 에세이, 일기, 채팅, 편지글 등 다양한 형식에 감동적으로 풀어냈다. 가수 양희은, 여성학자 오한숙희, 방송인 배철수, 가수 알렉스 등 많은 이들이 추천문을 통해 이 책을 극찬했다.

박금선 지음 | 한국여성인권진흥원 기획 | 248쪽 | 값 12,000원

공감의 뿌리

아이를 바꾸고 세상을 바꾸는 놀라운 공감의 힘_ 갓난아기를 1년 동안 학교에 초대해 학생들로 하여금 아기의 성장 과정을 지켜보며 공감 능력을 높이도록 한 프로그램을 그 창시자가 직접 소개한 책. 이 프로그램이 처음 실시된 캐나다에서는 집단 괴롭힘 현상이나 십대 미혼모 문제가 현격히 줄고, 아이들의 학습 능력도 향상되었다. 또래 따돌림이나 아동 폭력 등을 염려하는 교사나 부모에게 권한다.

메리 고든 지음 | 문희경 옮김 | 심상달 감수 | 302쪽 | 값 15,000원